HISTÓRIA UNIVERSAL DA MENTIRA

Prefácio
FRANKLIN LEOPOLDO SILVA

Copyright © 2016 Editora Manole Ltda., por meio de contrato de coedição com o autor.

MINHA EDITORA é um selo editorial Manole
EDITOR GESTOR: Walter Luiz Coutinho
EDITORA: Karin Gutz Inglez
PRODUÇÃO EDITORIAL: Andressa Lira, Cristiana Gonzaga S. Corrêa, Juliana Morais
CAPA E PROJETO GRÁFICO: Daniel Justi

Dados Internacionais de Catalogação na Publicação (CIP)
(Câmara Brasileira do Livro, SP, Brasil)

Fischmann, Roland

História universal da mentira/Roland Fischmann. - Barueri, SP : Minha Editora, 2016.

ISBN 978-85-7868-251-4

1. Contos brasileiros I. Título.

16-01289   CDD-869.3

Índices para catálogo sistemático:
1. Contos : Literatura brasileira 869.3

Todos os direitos reservados.
Nenhuma parte deste livro poderá ser reproduzida, por qualquer processo, sem a permissão expressa dos editores.
É proibida a reprodução por xerox.

A Editora Manole é filiada à ABDR – Associação Brasileira de Direitos Reprográficos.

1ª edição – 2016

Editora Manole Ltda.
Avenida Ceci, 672 – Tamboré | 06460-120 – Barueri – SP – Brasil
Tel.: (11) 4196-6000 – Fax: (11) 4196-6021
www.manole.com.br | info@manole.com.br

Impresso no Brasil | *Printed in Brazil*

Este livro contempla as regras do Acordo Ortográfico da Língua Portuguesa de 1990, que entrou em vigor no Brasil em 2009.

São de responsabilidade do autor as informações contidas nesta obra.

PREFÁCIO 7

INTRODUÇÃO 15

PEGASUS 19

NASCE UM ARTISTA 67

O MUSEU 91

BRANQUINHA 101

FAVELA 105

DEPUTADO EDSON 123

PREFÁCIO

O que é a mentira? Poderíamos atribuir a esta pergunta uma ressonância análoga à indagação que Pilatos fez a Cristo, e que teve como resposta o silêncio. Com efeito, religiões, mitos e lendas testemunham a antiguidade da mentira e, muitas vezes, como é difícil distingui-la da verdade. Essa presença constante poderia indicar a universalidade da mentira? Mesmo ao hesitar em admitir tal alcance, não podemos ignorar a disposição da alma humana para todas as formas do disfarce, do ocultamento, da falsidade, da tergiversação – maneiras de evitar a verdade. Afirmação, negação, omissão apresentam-se também como modos de mentir, frequentes na história das enunciações humanas.

É possível justificar a mentira? Éticas dotadas de inteiro rigor formal excluem completamente que a mentira possa ser uma opção em qualquer caso, mesmo para evitar um mal maior. Uma moralidade utilitária, principalmente nos moldes daquelas que aceitam artimanhas de persuasão política, admitiria provavelmente uma flexibilidade maior. Ou então, em casos mais dramáticos: devemos dizer toda a verdade a um doente terminal? Se por vezes julgamos melhor escolher a mentira, é porque a entendemos mais humana do que a verdade (significativamente designada como "nua e crua"), e não para demonstrar a capacidade de ardis e espertezas. Ora, em tudo isso, o que haveria de autenticidade e o que haveria de acomodação?

Além desse aspecto moral, a presença da mentira possui um caráter estrutural em uma dimensão importante da cultura: a arte da ficção. Compreendemos e admiramos aqueles que criam histórias, e muitas vezes as julgamos tanto mais perfeitas quanto menos apelo fizerem à verossimilhança. A mentira está assim, constitutivamente presente no mais elevado prazer de que somos capazes: a emoção estética. Nesse sentido, não vemos na mentira carência ou falha; pelo contrário, reconhecemos que a ficção enriquece a realidade e nos faz aprender, por vezes, mais do que o faríamos com o conhecimento da verdade. Já Aristóteles havia dito que a poesia é mais universal do que a história, pois nesta estamos presos aos fatos enquanto naquela predomina a invenção ilimitada.

Nessa perspectiva, podemos pensar o quanto se acrescentaria ao nosso saber e à nossa experiência uma *história universal da mentira*. Os mais ousados dirão mesmo que essa história já existe, mesclada àquilo que aceitamos como narrativas verdadeiras e demonstrações de fato. Será possível a um historiador separar de modo absoluto e com plena certeza a pura verdade dos acréscimos e interpretações de que são suscetíveis até os acontecimentos aparentemente mais seguros em sua apreensão? E, no limite, repetindo a famigerada asserção nazista, uma mentira exaustivamente repetida não acaba por se tornar verdade? A psicologia, a sociologia, a política, a história não nos apresentam modelos claros e distintos de *experiência verdadeira*; pelo contrário, oferecem muitas ocasiões para que nos sintamos confusos na tentativa de separar verdade e mentira – ou de identificar a mentira.

Esta *História Universal da Mentira* evidentemente não foi escrita com a pretensão de uma exposição exaustiva da mentira e de suas formas, mas nos apresenta, de modo extremamente interessante, o caráter universal da mentira como construção singular dos seres humanos. Não apenas porque só o homem é capaz de mentir deliberadamente, mas também porque a mentira demanda uma espécie de construção mental relativamente específica, a ponto de se poder falar de uma "lógica" da mentira, que a tornaria, por exemplo, difícil de decifrar. O paradoxo do mentiroso é um exemplo muito conhecido. O que sugere uma questão fundamental: qual é a essência da mentira? Como ela nasce e se mantém ou como ela se deteriora e se desfaz. Os episódios do livro dedicam-se a essa investigação.

Werner é um escritor sequestrado e submetido a condições nas quais deve compulsoriamente produzir ficção: o sequestrador não deseja resgate, pois ele mesmo se encarregou de resgatar a arte de Werner, que, na ocasião, vive uma prolongada "entressafra", isto é, um período de esterilidade em sua capacidade criadora. O sequestrador é também o guardião da arte, pois dedica-se a raptar artistas em fase descendente e os obrigar a produzir de acordo com parâmetros de qualidade artística: não tolera o trivial, o verossímil, o clichê, o enredo fácil; paradoxalmente, obriga, sob ameaça, a exercer a plena capacidade de criação, como se o artista tivesse o dever de superar qualquer tentação de acomodar-se, ou como se a liberdade não fosse o requisito fundamental da arte.

Contudo, o que se requer de Werner é que ele ignore a verdade de sua condição de prisioneiro e dedique-se totalmente à invenção, ou seja, à mentira que o seu talento deve engendrar. A princípio Werner procura fazer notar aos seus algozes o absurdo da situação; mas, pouco a pouco, sente-se provocado e estimulado a ser o que é: escritor, alguém comprometido com mundos fictícios e não reais. Volta a escrever e produz contos que submete ao gosto exigente do sequestrador, sob a promessa de libertação. Assim, o cativeiro, progressivamente, vai assumindo a função das condições objetivas de sua arte. E o texto, de alguma forma, se enreda sobre si mesmo:

trata-se das mentiras escritas por Werner a partir da verdade de sua situação; ou das verdades escritas por ele a partir da falsidade e do absurdo que vive. Talvez as duas situações se interpenetrem e não seja possível discerni-las inteiramente.

Há algo de Kafka na escrita de Fischmann, uma obscuridade mais sistemática do que a realidade. É assim com o pesadelo que vive o sr. K, preso por furto numa Inglaterra em que a polícia, absurdamente burocrática, transtorna impiedosamente a vida dos indivíduos, retirando deles a possibilidade de distinguir entre o certo e o errado, entre a verdade e a mentira. É assim que o uso do ventilador achado no corredor do hotel se transforma em uma investigação digna de romance policial. O leitor sente aproximar-se o momento em que o próprio sr. K. não saberá distinguir entre a verdade e a mentira de sua acusação, embora tal momento não se realize, o que provavelmente faz parte da estratégia de nunca revelar completamente a verdade ou a mentira.

A revelação seria o triunfo definitivo da verdade ou pelo menos assim pensam teólogos ou filósofos. Talvez seja para infirmar essa crença que o cantor e o seu *cover* se encontram e acabam trocando os papéis, em uma inversão que aponta para a relatividade da verdade e da mentira. Mais do que isso, Phil, o verdadeiro cantor, e Martin, o *cover*, se apresentarão juntos, o que de certa forma torna irreconhecível tanto um quanto o outro em suas funções de realidade e simulacro. Estariam a verdade e a mentira essencialmente próximas?

Em alguns casos, sim, e notadamente quando aquele que promove a confusão goza de um status de respeito ligado à verdade, à legitimidade e à justiça, como o juiz Alberto. Sua obsessão em colecionar ossos e crânios se sustenta pelo crime que, no entanto, perde a seus olhos qualquer gravidade quando comparado à necessidade de obter os ossos e o registro de suas histórias, muitas relatadas diretamente pelas próprias pessoas que, depois de mortas pelo juiz, fornecerão os materiais da coleção. O que o move nesse propósito ao qual dedica a vida? Talvez a ideia de que o osso seja a verdade do corpo, aquilo que sobrevive e permanece, um resíduo produzido pelo tempo e também conservado por ele. Vale a pena mentir, ocultar, esconder, enganar, subornar, profanar, desde que seja para manifestar a espécie de verdade contida no esqueleto, velada pela carne e pela vida, desvelada pela morte e pelo juiz colecionador.

Há alguma verdade que esteja acima das convenções e da qual participa aquele que se esconde na mentira, como o traficante e assassino Véio, que, no entanto, se arvora em juiz e profere sentenças, decidindo sobre a vida e a morte em um tribunal de bandidos? A que tipo de norma obedece esse outro juiz? A condenação sofrida pelo estuprador não é legítima e, neste sentido, não corresponde à verdade da justiça. No entanto, como lemos nas palavras contundentes do autor, esse mesmo estuprador provavelmente escaparia da justiça "verdadeira", sustentada nos preceitos legais que, como se sabe, nem sempre estão ancorados na legitimidade. Eis aqui outro cruzamento entre verdade e mentira que dá o que pensar. Muitos achariam que a rapidez na prisão, julgamento, sentença e execução tornam esse tribunal de mentira mais eficaz do que o tribunal de verdade, aquele em que a verdade está sujeita a todas as manobras e tecnicidades da esperteza jurídica.

O conto acerca do deputado Edson parece ter sido concebido segundo as regras clássicas do enredo policial. Um político assassinado levanta sempre a suspeita da motivação política. O policial experiente enxerga além das aparências, isto é, além da cena montada pelo assassino. Também não se deixa enganar pelos testemunhos de amizade e fidelidade do amigo e assessor, chegando assim a desvendar o crime passional envolvendo a infidelidade conjugal. A verdade é restabelecida? As coisas são mais complexas: relações humanas marcadas pelo ódio e pela humilhação se desvendam e revelam as motivações do amigo fiel que se torna assassino. Não há um único e verdadeiro culpado, pois a vítima também se revela falsa amiga e traidora. Verdades e mentiras se distribuem e as "maracutaias" que irritam o deputado não existem somente nas alocações de verbas, mas também nos desdobramentos dramáticos das amizades e dos amores. Mais uma vez, verdade e mentira se entrecruzam e a descoberta de uma depende da identificação da outra.

Depois de acompanhar os episódios em que a mentira comparece de modo pontual e decisivo, o leitor percebe que esta história ilustrada não o habilita a definir a mentira, mas a avaliar o alcance e a função dela na experiência humana. Assim, compreendemos porque o autor não optou pela elaboração de um *Tratado sobre a Mentira*, embora demonstre, na introdução e em outros lugares da obra, que possui os elementos de erudição que o capacitariam para a tarefa. Preferiu surpreender, com verve e perspicácia, a mentira nas histórias pessoais e como ela aí se insere de forma profunda e constitutiva. Assim, o livro reúne as qualidades do ensaísta e do ficcionista, da psicologia e da criação literária, e ao final percebemos que essa interface é necessária para o tratamento adequado do assunto, isto é, para que, entre a realidade e a invenção, situados exatamente nesse lugar indefinido, não precisemos perguntar se o livro nos diz a verdade sobre a mentira, mas possamos nos contentar com a descrição viva desse modo de pensar e de viver que nunca abandonará a humanidade.

Franklin Leopoldo Silva
Professor do Departamento de Filosofia da Faculdade de Filosofia, Letras e Ciências Humanas (FFLCH) da Universidade de São Paulo e da Faculdade de Filosofia de São Bento.

INTRODUÇÃO

Mentira tem origem na palavra *mentionica*, do latim tardio do século XI, que, por sua vez, teria vindo do baixo latim *mentire*, remetendo ao latim clássico *mendacium* — termo ligado à palavra *mens*, raiz da mentira. *Mens* significa "mente", "inteligência", "discernimento", o que faz concluir que o mentiroso precisa ter uma boa cabeça. Um mentecapto não é capaz de mentir. Mas há ainda um significado especial para *mens*: "intenção". O que tem em mente o mentiroso ao lançar mão da mentira? A verdadeira mentira jamais acontece por inadvertência — é fruto de uma vontade empenhada em enganar, com boas ou más intenções.

A capacidade dos hominídeos de mentir é percebida cedo e quase universalmente no desenvolvimento humano e nos estudos de linguagem de alguns macacos. Uma famosa mentira foi a da gorila Koko, que, quando confrontada por seus treinadores depois de uma explosão de raiva na qual ela arrancou uma pia de aço do lugar em que estava presa, sinalizou: "foi o gato que fez isso". Não está claro se foi uma piada ou uma tentativa genuína de culpar seu pequeno bicho de estimação.

A mentira é abordada em muitos episódios no Velho Testamento. Um dos mais emblemáticos é a mentira que Jacó utilizou com seu pai, Isaac, velho e cego. Esaú, seu irmão mais velho, havia lhe vendido a benção da primogenitura por um prato de lentilhas. Ao se apresentar ao seu pai, Jacó se fez passar por Esaú e recebeu a benção de primogênito do pai em seu leito de morte. Diz-se que perante Deus, Jacó não mentiu, por ser ele, de fato, a origem, o Primogênito do povo judeu, tendo assim dito uma verdade. Além disso, poupou seu pai da decepção de saber que seu filho Esaú havia negociado tal benção.

Mentiras começam cedo. A primeira mentira ensinada a uma criança é a chupeta. Os bebês querem o peito da mãe, mas recebem a chupeta. É uma espécie de acordo: o bebê acredita na mentira e a mãe fica satisfeita por ver seu filho feliz. Não é à toa que a lição mais difícil a ser aprendida é o respeito à verdade. Comportar-se à mesa, lavar as mãos, escovar os dentes são lições fáceis. Não por acaso a mentira é um dos pecados mais graves, incluso nos Dez Mandamentos — "Não darás falso testemunho". Crianças pequenas aprendem pela experiência que mentir pode evitar punições. De maneira complementar, existem aqueles que acreditam que as crianças mentem por insegurança. Nesse estágio do desenvolvimento, as crianças às vezes contam mentiras fantásticas e inacreditáveis, parecidas com a mentira de Koko. São necessários anos de observação para desenvolver um entendimento adequado. A interferência da família também é imprescindível para que a criança compreenda, por meio de bons exemplos, a forma correta de agir e os limites sociais, ou seja, quais mentiras são socialmente aceitáveis.

PEGASUS

Um editor tinha acabado de aceitar publicar meu primeiro livro...
Por fim eu saíra daquele período de indecisão e incerteza
durante o qual eu vivia como uma fraude.

Patrick Modiano

O sequestro ocorreu em uma tarde corriqueira, em uma rua como todas as outras, quando Werner foi empurrado para dentro de um carro e lá foi vendado e amarrado. Depois de muito rodar chegaram. Na casa, ele foi levado a um quarto onde, finalmente, tiraram-lhe a venda e o desamarraram. Aos poucos foi se acostumando com a claridade até perceber a presença de um homem forte de estatura mediana. O rosto estava coberto de tal forma que se podiam ver somente os olhos, como uma burca. Não parecia temer qualquer reação de Werner, pois não estava armado.

— O que você quer? Só pode ser um engano! Ninguém vai pagar resgate por mim. Estou endividado, sou solteiro, pobre. O que você quer?

— Fique quieto e escute. Você quer viver? Quer sair inteiro daqui? Então leia as regras que deixei escritas sobre a mesa. Vou deixá-lo agora. Não tente abrir a porta, não grite. Tem uma câmara de vídeo presa ao teto e terei você sob vigilância 24 horas por dia. Qualquer regra quebrada terá o castigo correspondente. Não teste a minha paciência – depois mostrarei algumas fotos.

REGRAS

Trabalhar
Obedecer
Não tentar comunicação com ninguém
Manter o quarto e o banheiro limpos

O quarto era pequeno, porém confortável. A janela havia sido lacrada, para que pouco barulho do exterior pudesse ser percebido – alguns carros passando ao longe, uma buzina e só. A porta, percebeu logo, era de aço reforçado, mostrando que aquele quarto havia sido preparado como uma prisão especialmente projetada. O banheiro não tinha janela — contava com um pequeno exaustor. Poucos móveis, simples: armário, cama de solteiro, criado-mudo com abajur, escrivaninha, cadeira e uma estante com poucos livros, além da mesa. Havia também um pequeno rádio-relógio sobre o criado-mudo. Agora percebia que era a única forma de saber se era dia ou noite naquele quarto hermeticamente fechado. Por que o haviam obrigado a tirar toda a roupa, com exceção da cueca? Tiraram sua corrente de ouro com um crucifixo, presente de sua madrinha, um velho anel, que saiu do dedo com dificuldade, e seu relógio.

Sem saber o que fazer, examinou cada canto de sua estranha morada. No armário encontrou uma coleção de cuecas, camisetas brancas, algumas bermudas (todas iguais) e sandálias. Embaixo da mesa, um baú com alguns pratos, copos e talheres de plástico, máquina de fazer café, açúcar e pó. Havia também material de limpeza para o quarto e o banheiro. Na gaveta do criado-mudo encontrou as tais fotos de que o homem falara: uma mulher magra, encapuzada, com dois dedos esmagados. Um homem em seus quarenta anos, com dedos esmagados. Todos os músculos estavam retesados pela dor intensa, a boca aberta num grito que parecia não sair pela garganta.

— O que querem de mim?! – gritou olhando para a câmera. Quem são vocês?

Não obteve resposta. Acabou adormecendo, meio torto na cama. Pouco depois das 6 horas o despertador tocou e uma portinhola abriu-se: a bandeja com o café da manhã foi empurrada para dentro do quarto. A portinhola fechou-se rapidamente enquanto ele tentava concatenar as ideias. Sim, ele fora sequestrado. Sim, estava preso naquele quarto. Não, não conseguia entender nada...

Mais tarde, uma pequena viseira abriu-se, e uma voz mandou que ele ficasse de costas para a porta com as mãos para trás. Alguém entrou no quarto e prendeu-lhe as mãos. Em seguida, o homem deu um tremendo tapa com a mão aberta no rosto de Werner, que caiu no chão.

— O que é isso? Está louco? – gaguejou, desajeitado.

— Você não comeu, gritou. Desobedeceu às regras. Vai levar outros tapas e talvez conhecer coisas piores.

O homem, que se apresentara apenas como "X", o ajudou a levantar-se e o levou a uma espécie de quintal onde ensinou o aturdido Werner a andar em círculos. Nesse primeiro dia aprendeu aquilo que viria a ser sua rotina nos meses seguintes.

Werner sabia que ninguém daria por sua falta – recluso e tímido por natureza, com poucos amigos, trabalhava em traduções e escrevia para alguns jornais matérias que os editores lhe encomendavam, principalmente sobre o centro velho da cidade em que nascera e na qual certamente morreria. Todos iriam pensar que aquele sujeito meio esquisito mudara de cidade ou que resolvera sumir mesmo. Solteirão, sem família, quem iria notar sua ausência, a não ser algum credor?

Depois de alguns dias e de mais alguns tapas, Werner entendeu sua inflexível rotina. Acordar às 6, café, banho e troca de roupa – ele tinha um cesto de roupa suja que era retirado diariamente e trocado por roupa limpa. Em seguida, uma hora de passeio pelo quintal seguido de uma pausa quando podia ler os livros deixados no quarto, na estante. Também recebia os jornais para manter-se atualizado, além de poder ouvir o rádio que tinha sobre o criado-mudo. O dia passava lentamente, até o jantar. Todas as refeições eram simples, leves e boas. Parecia um spa de luxo. Na verdade, sentia-se como um preso privilegiado, na melhor prisão do país.

Deixaram-no habituar-se à rotina por 10 dias, introduzindo uma pequena novidade a cada dia. Mais alguns livros, depois o jornal e então lhe deram a possibilidade de escolher algo de sua próxima refeição. Durante um de seus passeios no quintal, alguém instalou uma pequena TV no quarto com um leitor de DVD, e lhe disseram que poderia pedir filmes para distrair-se.

Todavia, Werner continuava inquieto. Ele pensava, com vontade de rir, que tudo aquilo poderia ser algo parecido com a história da bruxa da floresta negra que aprisionava crianças para engordá-las e comê-las. O que fariam com ele? O que queriam? A pergunta não saía de sua cabeça, então...

— Queremos que escreva um conto – X disse em tom ríspido.

— Que conto?

Então eles sabiam de sua atividade como escritor.

— O que vocês sabem de mim? O que querem de mim? – perguntava em tom de súplica.

O tabefe de X foi pesado e Werner caiu desenxabido no chão do quintal.

Ele era escritor com alguns contos premiados e dois romances publicados. Por ser relativamente jovem, sua carreira prometia. Por que queriam que escrevesse um conto? Fazia meses que não escrevia nada. Estava passando por um período de entressafra. Com certeza tal pedido significava que X já havia lido algum de seus textos.

Quando voltou ao quarto após o passeio matinal encontrou sobre a escrivaninha um computador e uma impressora. Mais que depressa Werner ligou a máquina, mas logo percebeu que não havia conexão com a internet. Ele poderia escrever, mas não tinha comunicação com o mundo exterior. Também, quanta ingenuidade, pensou, rindo. Já fazia duas semanas que sua vida entrara em uma espécie de limbo, estava suspensa. Ele não decidia nada, não era mais dono de seu nariz nem de nada. Havia regredido a um tempo em que decidiam tudo por ele, a hora de comer, a hora de dormir, a hora de urinar, a hora de cagar... Agora haviam decidido que ele tinha que escrever um conto! Era na literatura que sentia o poder divino de matar, criar ou mudar seus personagens e histórias. Agora alguém queria tomar conta desse espaço sagrado. Não posso permitir – pensou agressivamente, sem saber como resistir.

X entrou no quarto para lhe dizer que alguém havia dado queixa na polícia pelo desaparecimento do sr. Werner Lima.

— Se você pensa que isso mudará alguma coisa em sua situação, está muito enganado. Em todo caso, imaginei que lhe traria alguma felicidade saber que sentem a sua falta. – disse X em sua voz monocórdia que mais parecia sair de uma máquina. Prosseguiu:

— Lembra da mulher com dedos esmagados?

Contou que ela era pianista e compositora. Ficou presa por seis meses até cumprir suas "obrigações".

— Lembra da foto do homem?

Pintor, escultor e artista plástico. Disse que com ele foi mais fácil e demorou menos a sair.

— Tivemos muitos outros hóspedes antes e você não será o último. Pense bem antes de escrever alguma bobagem. Não tolero...

Continuou: "Ela pôde ir embora quando compôs peças com verdadeiro sentimento, com dor. Ele pintou uma sequência de temas que retratavam a destruição provocada pelo *crack* e incluiu uma pequena escultura. Não peço nada que você não queira ou não possa fazer – mas, como já disse, não aceito e puno o lugar-comum e o clichê com dor, muita dor. Eu não discutirei o seu tema – você terá total liberdade. Quero três contos. Não há prazo e depois você fará o que quiser com sua produção – é sua. Se precisar fazer alguma pesquisa para escrever, poderemos abrir um link de internet para você, mas não me subestime – não pense que sou idiota. Estamos monitorando todos os seus movimentos e qualquer tentativa de comunicação será punida – não nos desafie. Não tenha pressa, usufrua de nossa hospitalidade e trabalhe".

Werner ouviu tudo aquilo estupefato, sem entender. "Por que alguém se daria ao trabalho de sequestrar e prender artistas? É surreal, não pode ser verdade", pensou. Não faz sentido. Nem mesmo o produto do sequestro é apropriado!

As regras foram finalmente postas sobre a mesa. Era a situação mais absurda que poderia haver. Ele lembrou de ter lido algo a respeito do sequestro daquela pianista, cujo nome não lembrava, e também do sequestro de um artista plástico, mas nunca havia ligado os dois fatos.

Passou o resto do dia pensando em algum tema para o conto, mas parecia tomado por uma espécie de torpor. "Não vou escrever só porque esses esquizofrênicos decidiram isso", pensava. Em uma manhã, poucos dias depois, para sua surpresa, mandaram que ficasse novamente de costas para a porta de aço – já fazia muito tempo que não pediam isso a ele. Amarraram suas mãos e o vendaram. Em seguida, sentaram-no e passaram-se alguns minutos sem que nada acontecesse. Ele não perguntava nada, pois sabia que o tabefe viria inevitavelmente. Ficou quieto, apreensivo... Sentiu quando algo com textura de algodão encostou ao dedo mindinho do pé esquerdo. Após menos de um segundo, uma dor aguda o fez retesar todos os músculos do corpo e o jogou no chão. Ficou inconsciente por alguns momentos. Quando recobrou os sentidos, já não tinha a venda sobre os olhos e viu, horrorizado, que seu dedo havia sido esmagado. Suas mãos haviam sido soltas – estava sozinho no quarto. Lágrimas corriam soltas, se de dor, de miséria, de desespero, já não sabia mais... Queria gritar por socorro, queria vingar-se, queria implorar por misericórdia – já não sabia mais também... Foi mancando ao banheiro e pôs o pé machucado embaixo da água fria correndo. Assim conseguiu aliviar um pouco aquela dor insuportável. Recusou-se a comer o almoço que ficou no chão frio toda a tarde. À noite, deitado na cama, ouviu alguém aproximar-se da porta e falar pela portinhola – era a voz de X: "Não deixe de comer o seu jantar. Você vai encontrar um frasco de antibiótico na bandeja para prevenir alguma infecção. Terá que tomar durante sete dias. Não darei nenhum analgésico para aliviar a dor. Use a bandagem que você recebeu para imobilizar o dedinho junto ao dedo ao lado e prenda com o esparadrapo. Eu quero o primeiro conto até amanhã à noite – você tem 24 horas para entregá--lo, senão outro dedo sofrerá o mesmo destino". A portinhola fechou-se em seguida.

Werner sabia agora que não era mentira. Eles não estavam brincando e as fotos eram verdadeiras. Jantou e fez o curativo – a dor era quase insuportável, latejante. Então sentou-se em frente ao computador e começou a escrever.

UM ELEFANTE DORMIU EMBAIXO DA PONTE

Britto fazia parte da equipe do detetive França havia muito tempo – talvez 10 anos, ou mais. Com certeza era um dos membros mais antigos e por isso mesmo não conseguia entender por que seu chefe lhe havia passado aquele inquérito sobre a morte de mais um miserável sem-teto na região do centro velho de São Paulo. Encontrado morto, espancado e semicarbonizado, as testemunhas não puderam fornecer nem seu nome aos policiais. Era conhecido como "doutô", por causa de sua maneira elegante de falar. Seria enterrado como indigente, pois quem iria notar sua ausência? Que interesse poderia haver na investigação da morte de um desses miseráveis que vivem nas grandes metrópoles? Com certeza era resultado de alguma briga de bêbados ou de algum comerciante exausto com a sujeira.

Aborrecido com aquele caso e já sendo alvo de chacotas, Britto pensava: "Será que o França está me jogando para escanteio? Será que ele quer que eu saia da equipe?" Dirigiu-se acabrunhado ao IML para inteirar-se das condições em que fora morto o indivíduo. Assim que chegou, foi à coordenação para saber qual dos médicos-legistas seria o responsável por aquela autópsia. Da mesma forma que ele, o Dr. Jarbas sentia-se diminuído por aquele trabalho e também desconfiava de que estava prestes a ser demitido, pois só alguém muito incompetente seria designado para aquele caso. Britto teve, então, que aguentar o mau humor do Dr. Jarbas e não demonstrar o seu, mas até achou graça na coincidência. Foram juntos até a sala de autópsia, que exalava um cheiro nauseabundo característico. O Dr. Jarbas abriu a geladeira nº 9 e puxou o corpo maltratado e sujo. Começaram então a examiná-lo.

— Veja quantas fraturas nas vértebras. Essas nas mãos são típicas de atitude defensiva – comentava o Dr. Jarbas.

— É verdade. Olha como as queimaduras foram intensas, principalmente nas mãos. Será que conseguiremos digitais?

— Não sei, Britto. Vamos tentar... Olha aqui no dedo mindinho da mão esquerda. Acho que vou conseguir alguma coisa aqui...

A autópsia seguiu seu rumo natural. Recolheram amostras de sangue e das vísceras para os exames. Ao final, já não estavam mais tão irritados com a aparente falta de importância daquele caso.

Naquela tarde, Britto foi chamado pelo França. A sala estava coalhada de investigadores àquela hora da tarde, depois do almoço. Era quando todos os investigadores apareciam no Departamento de Investigações Criminais (DIC), chefiado pelo velho delegado França. Fazendo calor ou frio, lá vinha ele com seu sobretudo e cigarro aceso no canto da boca — fazia questão de ignorar solenemente a placa de "Proibido Fumar". Vinha pela manhã para estudar os casos em que os investigadores de sua equipe estavam trabalhando. À tarde, chamava um por um para criticar ou dar novas ideias para as linhas investigatórias.

Britto foi o primeiro a ser chamado. Ninguém entendeu, já que aparentemente estava em um caso sem nenhuma importância. Naquele momento tocou o telefone em sua mesa.

— Britto falando.

— Conseguimos a identificação e você não vai acreditar. Foi muito rápido, pois as digitais estavam no banco de dados de pessoas desaparecidas – dizia entusiasmado o Dr. Jarbas.

— É mesmo?! Que bom que você ligou. O França está me chamando e vai ficar feliz de saber que conseguimos descobrir alguma coisa. Quem é o infeliz?

— É o engenheiro Jorge Batista. Ele desapareceu há aproximadamente 8 meses. Parecia ter mais de 50 anos, não é? Pois tem somente 34 anos. Incrível, não?

— Tem razão! Obrigado por avisar.

Levantou-se para ir à sala do delegado. Lá chegando sentou-se em frente a ele. "Vou reclamar por ter me transformado em motivo de chacota – eu não merecia um caso idiota após todos esses anos", pensava. O delegado foi logo dizendo:

— Não precisa nem falar – é o engenheiro Jorge Batista?

Britto não conseguiu disfarçar sua surpresa.

— Caramba, França. Mas como é que você sabe?

— Na semana passada vi uma reportagem na televisão sobre pessoas desaparecidas e apareceu uma imagem desse engenheiro com a camisa que reconheci na foto que mandaram do cadáver de um indigente. Ninguém queria aquele caso idiota da morte de um indigente, mas o peguei para surpresa de todos os outros coordenadores.

— E eu achando que você queria minha cabeça...

O caso parecia resolvido e o França podia se vangloriar de tê-lo resolvido rapidamente, mas duas semanas após o enterro do engenheiro sua família o procurou novamente. Ele sofria de esquizofrenia e um surto psicótico o levou a abandonar seu lar para ser encontrado morto meses depois. A família relatou ao delegado que havia sido procurada por uma seguradora para que uma apólice de seguro de vida fosse paga, e o valor era significativo. O que chamou a atenção, entretanto, foi que os beneficiários eram totalmente desconhecidos da família do falecido.

— Britto, venha já a minha sala – gritou o delegado de sua porta.

— Pois não, chefe.

— Você já encerrou o caso do engenheiro?

— Ainda não. Isso é uma bronca? Desculpa, chefe, mas falta ainda um último detalhe num relatório para eu poder encerrar o caso.

— Que bom, Britto. Não feche ainda. Acho que miramos um passarinho e vamos matar um elefante. A família do engenheiro me procurou para dizer que uma seguradora de que eles nunca ouviram falar apareceu para pagar uma apólice de seguro feita após o seu sumiço.

— Agora a história tá ficando mais interessante!!

— Então, Britto, não fique mais com complexo de inferioridade ou carente e trate de investigar o caso. Vá falar com a família do engenheiro e verifique quantos indigentes foram mortos nos últimos, sei lá, 6 meses ou mais. Veja se algum deles também teve queimaduras do mesmo tipo. Seja discreto, pois algo me diz que tem gente daqui de dentro metida nessa história. Deve ter alguém ajudando a montar a documentação desses coitados junto às seguradoras.

— Tá bem, França. Já entendi...

Britto descobriu 12 indigentes assassinados em São Paulo nos últimos 3 anos. Nenhum dos cadáveres fora reclamado por qualquer familiar e foram enterrados como indigentes. Desses, 10 tiveram apólices pagas. Todos foram mortos por espancamento ou com armas brancas — nenhum deles foi queimado, com exceção do último, o engenheiro. O que provocou aquela reação dos criminosos? Será que tentaram encobrir sua identidade? Será que mudaram de ideia antes ou após tê-lo matado?

No dia seguinte, tiveram uma conversa.

— França, acho que encontramos uma quadrilha que pode estar agindo há muito tempo. Só nos últimos 3 anos achei 10 indigentes com apólices pagas a beneficiários sem laços familiares. Os valores pagos são expressivos, chefe.

— Por que queimaram o engenheiro? O que os fez mudar de ideia?

— Eu tenho uma teoria, chefe. Eles tentaram evitar uma identificação positiva do cadáver. Só após a identificação é que as seguradoras pagam as apólices. Dessa forma, não haveria pagamento de seguro, ninguém ligaria nada com nada e o caminho permaneceria limpo para eles. Algo os fez desconfiar e retroceder no caso do engenheiro.

— Britto, você já cruzou a data em que a família Batista apareceu na TV e a morte do engenheiro?

— Vejamos, a queixa de desaparecimento foi registrada em julho do ano passado e os Batistas apareceram naquela reportagem de pessoas desaparecidas em janeiro. Estamos em março e o corpo do engenheiro apareceu em fevereiro. Será que não perceberam que havia uma queixa de desaparecimento e aí viram o tal programa na televisão?

— Eu acho sua teoria possível, Britto. Não será difícil obter das companhias de seguro o nome desses beneficiários, endereço, etc.

França e Britto conseguiram armar a emboscada e surpreender a quadrilha. Seis pessoas, entre as quais dois policiais, haviam fraudado pelo menos dez apólices de seguro. O plano era simples e cruel: procuravam indigentes sem queixa de desaparecimento e preparavam os papéis para a apólice de seguro. Depois, em troca de alguns trocados, uma garrafa de aguardente ou algumas pedrinhas de crack, obtinham as assinaturas e fichas de cartório para reconhecimento de firma. Os beneficiários das apólices eram sempre as esposas dos quadrilheiros. A cada nova vítima, trocavam de companhia de seguros para atrapalhar as inevitáveis investigações.

Werner adormeceu com seu conto impresso sobre a mesa. Quando foi acordado pelo despertador, percebeu que o haviam retirado. E agora, o que esperar? Quem são eles para julgarem a qualidade do seu conto? Quem são eles para tomarem conta de sua vida?

Levantou-se e foi mancando ao banheiro. Tomou uma ducha e, inexplicavelmente, sentiu-se bem. Havia cumprido sua obrigação e gostara do pequeno conto. Fazia meses que não escrevia – já havia quase esquecido o prazer de criar alguma história... Seu pé latejava e doía. Preparou-se para o passeio matinal após o desjejum. Mesmo mancando, passeou prazerosamente. Voltou ao quarto e continuou com a leitura de *O Centauro no Jardim*, de Scliar. Depois do almoço, pediu filmes que lhe foram entregues ao final do dia, com o jantar. O dia passou sem sustos e foi quase bom. Dois dias se passaram sem reação de seus captores. Ele já estava ansioso para saber se tinham ou não gostado de seu texto. Agora tinha um leitor que poderia esmagar-lhe mais um dedo se não gostasse do conto. Uma coisa é escrever para o leitor anônimo, outra é escrever para alguém que pode lhe machucar...

Ainda se lembrou de pedir um CD-Player e alguns CD que sempre o inspiraram. Werner sempre teve a nítida sensação de que o tom do tema musical que estivesse ouvindo era fundamental na definição da característica de suas ideias literárias.

Ao final daquele segundo dia recebeu, junto com o jantar, seu conto com algumas correções rabiscadas a caneta e o pedido para apressar a produção do segundo conto. Ficou impressionado pela qualidade de observações – corrigiu e gostou do resultado final. Já estava pensando num segundo tema e atacou o papel....

A ESCOLHA

— Você assistiu *A Escolha de Sofia*? – perguntou à enfermeira que banhava seu filho Sérgio, que se deixava manipular com um misto de prazer e vergonha, visível em seus olhos ainda expressivos.

Não, ela nunca tinha ouvido falar, mas tentava lembrar-se perguntando se tinha alguma coisa a ver com a novela do ano passado. Legal aquela novela: o problema da personagem Sofia era que não sabia se devia namorar Walmor, filho do fazendeiro Walfrido, vizinhos a quem o pai de Sofia devia um monte de dinheiro por causa das más safras que tivera nos últimos anos, ou seu verdadeiro amor, Leonardo, jovem, bonito e pobre feito um coitado, mas viril, honesto e corajoso, ao contrário de Walmor, filhinho de papai, ruim — uma verdadeira serpente, disse com a voz enérgica.

A doença avançava inexoravelmente, decidida a destruir seu filho. A fila do transplante era longa e ele desconfiava que seu filho não fosse sobreviver até sua vez... Seu pai, avô de Sérgio, sempre foi seu modelo e já velho dizia que palavras não valem nada, atitudes sim. Quando seu filho nasceu, as palavras de seu pai ecoaram novamente. O que levar para o túmulo, dizia, a não ser a certeza de ter cumprido com os mandamentos, de ter sido honesto e trabalhador?

Não enriqueceu, mas isso não é importante diante de Cristo. Importante é a vida reta, ter ajudado ao próximo, ter sido leal com Cecília — isso é o que importa repetia a si mesmo. Então, o que diria seu pai se soubesse que a vida de Sérgio poderia ser salva com algumas conversas de corredor, algum dinheiro e a furada de fila que seus colegas médicos poderiam facilitar?

Cecília, porém, não o perdoaria se não tentasse... "De que serve um bom exemplo para um cadáver?", dizia. Falou com o padre que ouviu silencioso e recomendou que rezasse muito e Deus ouviria suas preces. Mas ele não ouviu e Sérgio ficava cada vez mais doente– não havia mais tempo...

Decidiu então não fazer nada... Deixou nas mãos de Deus. Pouco tempo depois, Sérgio morreu em seus braços, com Cecília chorando ao seu lado. Nunca mais falaram sobre aquele assunto e nem sobre qualquer outro assunto. Não sorriam mais, aguardando o momento de juntar-se ao filho que partira precocemente. Quem sabe, então, teriam paz novamente...

No dia seguinte, de manhã, ao receber o desjejum, já haviam retirado seu segundo conto. O dia passou como um domingo qualquer, tedioso e calorento. Após o passeio, pensou que já fazia 20 dias que chegara ao seu cativeiro. Seu pé não incomodava – ainda sentia um pouco de dor, mas era suportável e o dedo estava desinchando, embora ainda houvesse um grande hematoma. Ao voltar para o quarto, X mandou Werner colocar-se de costas para a porta. Novamente amarrado e vendado.

— Você pensa que me engana – resmungou X. – Sente-se. Essa besteira que você entregou ontem é no máximo bonitinha, mas eu não aceito. Isso é literatura de entretenimento, sem conteúdo. Você vai ter que escrever algo muito melhor se quiser sair inteiro daqui.

Werner sentiu novamente o tecido de algodão, dessa vez encostando-se ao outro mindinho, e aquela dor aguda. Caiu inconsciente. Acordou no meio da noite, melado em vômito e sentiu que havia se cagado. Estava fedendo horrivelmente e a dor era insuportável. Sentiu-se humilhado e teve vontade de chorar. Foi cambaleando ao banheiro para limpar-se. Tomou um banho como pôde e jogou a roupa suja no depósito. Pegou um pano e limpou o quarto, mas o cheiro estava impregnado nos móveis. Deitou-se e agarrou as pernas enrolando-se para choramingar. Ficou lá até adormecer novamente por alguns minutos até que o despertador tocou pontualmente e o desjejum entrou no quarto pela portinhola. Werner bebeu somente alguns goles do suco e aguardou o momento de ir ao quintal. Mal conseguia andar, mas queria sair do quarto para escapar daquela fedentina. Não abriu a boca e tentou andar alguns passos, mas foi impossível. Aquela manhã já anunciava os ventos frios do outono. O céu estava cinza. Ao voltar para o quarto não sentiu mais aquele cheiro horrível

– haviam limpado e trocado a roupa de cama. Lá estava o jornal sobre a escrivaninha, mas não sentia vontade de ler. Tinha muita pena de si mesmo e vontade de chorar, mas não queria dar esse gostinho aos seus captores. "Se for para sobreviver, então tenho que parar de sentir pena de mim mesmo", pensou. Pegou o jornal e começou a ler as notícias sem prestar muita atenção.

ENSAIO

A palavra está errada... Decompor o que sempre fomos e o que sempre seremos não é decomposição, é tapar o sol com a peneira. Aquele zelador que não deixa os corretores de imóveis aproximarem-se se não dividirem suas comissões de venda é corrupto? O flanelinha que privatiza uma quadra, tendo expulsado a concorrência a tapas, e cobra sua taxa de proteção contra si mesmo é corrupto? É um chantagista? As hienas que se aproximam da carcaça do antílope recém morto pelo leopardo e que o afugentam são corruptas? A gaivota que rouba os ovos de outros pássaros, e tantos outros exemplos, são as sombras que vagueiam no vale de lágrimas da sobrevivência.

X entrou no quarto.

— Quem é você? Por que me escolheu? – Werner perguntou, sabendo perfeitamente que arriscava o tapa tradicional. Para sua surpresa, ele não veio. X ficou olhando... Seus olhos pretos eram inteligentes e se fixavam no rosto de Werner.

— Não sei, mas sei o que quero de você, assim como aquilo que queria de seus antecessores.

— O que você quer de mim?

— Nada menos que a honesta produção de uma obra de arte. Não tolero o lugar-comum, não suporto o tédio da rotina. Inventei este personagem. Ele é bem real, sabe machucar, mas não vai roubar sua produção. Todas as obras compostas, pintadas e escritas são suas. Mas elas têm o meu dedo, a minha marreta... Já começou a escrever?

— Estou com algumas ideias. Vou precisar fazer alguma pesquisa.

— Se você quiser trocar alguma ideia, conversar a respeito, enfim... Eu quero ajudar.

O tom de X o deixou desarmado. O temível torturador que já esmagara dois de seus dedos, o seu captor, estava lá, mendigando um punhado de atenção. Não havia o tom impositivo. Uma estranha simbiose se formava entre eles. Era como se o assassino e a vítima fossem sócios de uma mesma empreitada.

— Você não é meu amigo. Amanhã, se não gostar de algo que eu tenha escrito, virá esmagar mais um dedo. E quer compartilhar a criação de minha obra? Você só pode estar louco. Você é uma sanguessuga que vive do sangue dos outros, um Drácula.

— É claro que sou louco. E não pense que sempre consegui tudo que quis. Já tive muitos fracassos. Mesmo assim, se quiser trocar alguma ideia, é só falar.

— O que você quer dizer com fracassos?

— Certa vez coloquei outro escritor na mesma situação que você. Achei que era um grande escritor em crise, mas enganei-me totalmente. Foi a maior decepção de minha vida.

— Como assim? — Werner perguntou, curioso.

— Ele certamente tinha talento para a música — fez muito sucesso com suas canções. Mas os livros que publicou nem dele eram. Talvez o primeiro — um pequeno romance com falhas de um escritor juvenil. Depois publicou outros romances muito bons. Como já era muito conhecido e querido, seus livros foram, sem exceção, grandes sucessos e ficaram semanas nas listas de livros mais vendidos. Fui burro, não percebi que não havia nenhum sinal de estilo próprio em seus romances.

— E o que aconteceu? O que você descobriu?

— Após a primeira martelada ele confessou que não havia sido o escritor de seus livros. Fiquei pasmo, não queria acreditar. Machuquei-o novamente, vinguei-me. Acho que nunca mais veremos novos lançamentos dele. Ele tinha como grande amigo um editor. Brincando, eles chegaram a uma encruzilhada curiosa. Seu amigo editor recebe dezenas de propostas de livros todos os anos. A maioria é recusada, embora alguns textos sejam bons — esses escritores dificilmente conseguirão publicar suas obras. Eles pensaram então que poderiam dar vida a essas obras natimortas. Sem muito esforço, encontraram alguns romances de autores já mortos e nunca publicados. Certificaram-se de que não havia família envolvida e chegaram a cerca de dez possíveis obras jamais registradas na Biblioteca Nacional, das quais escolheram três para revisar e publicar. Prepararam bem o golpe, deixando vazar fotos do escritor em frente ao seu computador supostamente escrevendo seu novo romance em trens na Europa ou em eventos culturais pelo mundo, meses antes de cada lançamento.

Além disso, os três textos melhoravam de qualidade, sequencialmente. Enfim, um golpe cuidadosamente planejado e realizado.

— Eu não consigo entender essa história. Se era um artista com grande renome, por que ele se meteu numa fraude tão horrível? Por dinheiro?

A conversa terminou naquele ponto e X retirou-se, fechando a pesada porta de aço atrás de si. Werner ficou vários minutos pensando sobre a *Escolha de Sofia*. "Quem ele pensa que é para decidir se o meu conto é literatura barata? Já houve críticos que disseram que minhas histórias são superficiais, meu gênero e meu estilo simples, diretos, fáceis. Será que se eu tirasse todas as pontuações, tornando os textos herméticos, então seria alta literatura? Seria um gênio? Sempre procurei contar histórias que contivessem algum fato ou ponto de vista original. Não tenho estilo rebuscado ou lírico e nem tento enganar o leitor com tramas artificialmente complicadas. Então nunca entendi essa história de literatura fácil – não há nada fácil e também nunca enriqueci com meus livros. Então ele quer que eu escreva um romance?! Só tenho a ganhar..."

Começou a pesquisar ética, pecado e logo chegou a Nietzsche, a Waterloo da ética judaico-cristã.

Vamos imaginar um evento: de repente, no meio do trânsito caótico de alguma grande capital, toda a população perde o senso ético inculcado pela educação cristã, supera todos os entraves psicológicos que brecam seus instintos básicos de sobrevivência e começa a viver plenamente o seu instinto de predador mais temido do planeta. Acontece que o vírus se espalha rapidamente. Não há mais freios psicológicos ao pleno florescimento do Super Homem Nietzscheano. Vence o mais apto, o mais forte, e todos têm que viver plenamente sua carga genética, seja de macho ou fêmea-alfa ou de escravo subserviente.

Werner continuava em suas divagações. Ele já sabia qual tema iria desenvolver, mas não sabia ainda como abordá-lo.

A maçã que Adão experimentou, instigado por Eva e pela sua curiosidade, lhe deu o gosto do certo e do errado, do Bem e do Mal. Eles desobedeceram a uma recomendação expressa de Deus e pagaram um alto preço por isso: conheceram a fome e a morte. Pagaram por tentarem ser Deus. Mas é pela ótica de Paulo de Tarso e de sua ética cristã que o ato de comer da maçã do conhecimento configura-se no pecado original. O pecado define-se pela desobediência a Deus – não por algo feito contra outro ser humano. O pecado de Adão o faz cair do Éden e todos os seus descendentes nascem "caídos", ou seja, impregnados do mesmo pecado que será redimido posteriormente pelo sacrifício de Cristo.

Naquela manhã, Werner estava divagando sobre esses temas como um sonâmbulo quando percebeu algo pontiagudo em suas costas. Estava deitado naquele momento, mas não era algo vindo do colchão. Levantou-se e tentou apalpar suas costas – percebeu que havia como que espinhas espalhadas por todo o corpo – seria uma alergia? Algo que comera? Uma das "espinhas" já estava mais desenvolvida e parecia que uma espécie de pelo preto estava rompendo pelo centro daquele pequeno vulcão. "Cravo?" – pensou assustado. "Que horror, nunca tive isso!"

No passeio pelo quintal, Werner pediu a Y que desse uma olhada em seu corpo.

— Preciso de um médico. Não sei o que está acontecendo comigo.

— Já aconteceu antes – Y comentou.

— Como assim? O que você quer dizer com isso? – insistiu assustado.

— Fique calmo. X virá falar com você mais tarde.

No quarto, Werner examinou seu corpo em frente ao espelho assim que voltou do quintal. Suas pernas, coxas, braços e mãos estavam pipocados daquela espécie de cravo. Alguma coisa iria acontecer ao seu corpo. Ele podia perceber seu coração mais acelerado. Embora assustado com tudo aquilo, continuou trabalhando em seu projeto, mesclando pesquisa com a escrita do texto. Já havia começado a escrever o seu "Ensaio sobre o Embuste".

Depois do almoço, X entrou no quarto.

— Como está indo seu projeto?

— Sei lá. Preciso ver um médico urgentemente.

— Não, não precisa.

— Como assim? Olhe meus braços, minhas pernas. Você acha normal esse monte de espinhas ou cravos ou sei lá o quê?

— Já aconteceu antes. Os outros também tiveram algo parecido. Não se preocupe, quando terminar tudo irá sumir. Acho que faz parte da tensão criativa.

— Quero um médico! – respondeu exasperado

Naquele momento, X já estava fechando a porta de aço atrás de si, deixando-o com seu desespero. Sentiu-se enjoado e teve que correr ao banheiro para vomitar. Estava suando muito e sentia o coração batendo rápido. Voltou para o quarto com dificuldade e deitou-se. Adormeceu imediatamente e teve um sono cheio de pensamentos confusos.

Ao acordar na manhã seguinte, pediu que X viesse ao quarto. Pouco tempo depois ele entrou. Era a primeira vez que Werner o chamava e ele não conseguia disfarçar a curiosidade.

— O que você quer?

— Você ainda não me disse o que aconteceu com aquele escritor/cantor que era uma fraude.

— Ora, não aconteceu mais nada. Eu descobri a mentira, ele confessou e o deixei ir embora. Nunca mais ouvi falar dele.

— Você denunciou o caso à polícia? Falou com o editor dele?

— Não, para quê? Não iria mudar nada na vida de ninguém. Eu não tinha nenhum interesse em destruir aquele sujeito. Ele já estava destruído por dentro.

— Acho que era seu dever desmascarar uma mentira tão monstruosa.

— O que você sabe sobre mentiras?! Já houve outras que derramaram sangue. A acusação falsa sobre Dreyfuss, os Protocolos dos Sábios de Sião, essas são mentiras que destruíram vidas. Agora, um falsário que recria uma pintura de Rembrandt e que os especialistas aceitam como verdadeira não é meu problema.

— Você quer dizer que há uma obra falsa de Rembrandt tida como verdadeira?

— Dizem que um pintor, louco ao final de sua vida, sempre reclamou a autoria de uma obra atribuída a Rembrandt tida como perdida em um naufrágio e encontrada por acaso em uma casa abandonada no sul da Espanha no final dos anos 1980. O intrigante é que o tal louco realmente conhecia e pintava obras de Rembrandt com perfeição e com a técnica do velho mestre. Pode ter sido verdade o que os outros acharam ser sua loucura.

— Acho que já sei como desenvolver a história. Não está ainda toda pronta na minha cabeça, mas já sei como começá-la e como terminá-la. — Werner retrucou.

— Então você já sabe o principal. Que bom!

— Mas eu quero saber como foi que você me escolheu – eu tenho o direito de saber.

— Se tivesse tempo criaria uma multinacional do sequestro. Eu o escolhi porque percebi que precisava de mim.

— Eu não precisava de ninguém. Estava muito bem sem ter meus dedos esmagados. Ninguém obriga o escritor a escrever – se escreve é por sua conta e risco.

— É o que você diz. Li cada palavra publicada por você. Os lugares-comuns, os clichês começaram a aparecer depois de um começo com falhas, mas com paixão. Depois os textos foram rareando. Pior, percebi seu acomodamento e cinismo.

— Quem te deu o direito de colocar a minha vida de cabeça para baixo?!

— Já te disse que no fim você vai acabar me agradecendo. Você voltou a escrever como um verdadeiro escritor – com ambição, com imaginação. Você entra agora na dor dos seus personagens.

— Me deixe em paz!

O ROUBO DO VENTILADOR

Aquele verão foi especialmente quente em Londres. Nós estávamos hospedados no Hotel Berjaya, em South Kensington. Ele se diz "quatro estrelas" nos sites de reserva, mas o nosso quarto, pago antecipadamente, não passava de um apertado duas estrelas. O calor sufocante daquele final de julho parecia fazê-lo ainda menor. Já tínhamos brigado com a gerência do hotel, mas, sem outra alternativa, além de perder o dinheiro da reserva, nos consolamos com a divulgação na internet de nossas impressões sobre aquela porcaria de hotel...

Naquela noite, observei que a arrumadeira do andar havia esquecido um ventilador no corredor. Não pude me conter – peguei-o sorrateiramente e dormimos um pouco melhor. No dia seguinte, devolvi o ventilador ao mesmo local de onde o havia pegado e partimos para mais um dia de passeios em Londres.

Ao voltarmos, um funcionário nos avisou que teríamos que falar com a gerência na manhã seguinte. Subimos despreocupados e procurei novamente pelo ventilador, mas sem sucesso. Acordamos de manhã molhados de suor. Eram nossos últimos dias de férias e tínhamos ainda uma longa lista de lugares para visitar. Após o *breakfast,* procurei o gerente, que tinha um ar acusador.

— Bom dia, meu nome é K do quarto 512. Recebi ontem um recado para procurar a gerência...

— Foi o senhor que pegou o ventilador que estava no corredor do 5º andar? – disparou sem delongas o funcionário do hotel.

Achei que não valia a pena sustentar uma mentira. Seria um gasto inútil de energia.

— Sim, ele estava largado no corredor, então achei que não faria mal em usá-lo.

— Acontece que nós chamamos a polícia e registramos queixa de roubo. O senhor vai ter que se entender com eles.

— O senhor está brincando? Estou com a viagem de volta marcada para amanhã.

— Acho que não será possível...

— Por que o senhor achou que fui eu que peguei o ventilador?

— O senhor confessou...

— Mas o senhor me chamou.

— Sim, mas eu queria somente lembrá-lo de que sua reserva termina amanhã cedo e que vamos precisar do quarto liberado até as 11 horas.

Eu havia me metido em uma encrenca. Voltei cabisbaixo ao quarto e contei para Laura, minha mulher, a besteira que havia feito. Por que teriam registrado queixa de roubo de um mísero ventilador? Talvez estivessem desconfiados de algum funcionário e outros objetos estivessem sumindo. Agora iria pagar o pato por algum funcionário safado. Tínhamos programado um longo roteiro de visitas para nosso último dia de férias, mas não havia clima para passeio. Decidimos que seria melhor nos apresentarmos na delegacia como prova de boa vontade e tentar explicar o "mal-entendido".

Chegamos pouco antes das 10 e fomos atendidos por um policial sem muita paciência com nosso inglês escolar. Tentamos explicar o ocorrido sem ter certeza de que ele nos entendia. Pediu que ficássemos em uma sala com uma escrivaninha e cadeiras enquanto providenciava o atendimento. Esperamos mais um tempão e fiquei pensando se seria necessário pedir ajuda ao consulado. Deveríamos estar arrumando nossas bagagens para a viagem de volta, no entanto nos deixavam lá, naquela sala cinzenta, sozinhos, sem explicações.

Estava ficando irritado e preocupado com o tempo perdido. Ao mesmo tempo, estava receoso de me fazer inoportuno, de parecer arrogante, de mostrar alguma fraqueza, ainda mais por haver uma câmera na sala e alguém nos observando. Ouvíamos passos no corredor. Às vezes parecia haver alguém se apoiando na porta, mas nada de ela abrir. Eu hesitava, queria olhar para fora, perguntar para alguém o que estava acontecendo, telefonar, mas nem isso era permitido naquele prédio da Scotland Yard. Laura me olhava ansiosa, procurando em mim uma resposta à sua própria angústia. Havia um telefone sobre a mesa, mas parecia ser de um ramal interno. De qualquer forma, eu não saberia como usá-lo e nem pretendia fazer nada além do que fosse claramente permitido.

Então o inspetor, com cara de personagem de Agatha Christie, entrou na sala e sentou-se à nossa frente com uma pasta nas mãos. Olhou-nos com o canto dos olhos avaliando cada detalhe.

— Boa tarde, sr. K. Boa tarde, sra. Laura. Espero que não tenha sido muito longa a espera – disse com uma gentileza que não convencia. Desculpem-me, ainda não me apresentei, sou o Inspetor Goodfellow e fui encarregado de seu caso. Em primeiro lugar, preciso saber se vão precisar de intérprete para nossa comunicação.

Eu falava um inglês mediano que me permitia assistir aos musicais, sem entender as piadas. O nosso inspetor Goodfellow falava lentamente e seu sotaque não era dos mais carregados. Olhei para Laura e ela acenou com os olhos. Enquanto tínhamos aquela conversa muda, o inspetor abrira a pasta e examinava um calhamaço de papéis. Fiquei pensando se o nosso caso já teria conseguido juntar toda aquela papelada, mas fiquei quieto e calei minha curiosidade. Sim, Laura também achava desnecessário um intérprete naquele momento. Tentaríamos resolver tudo rapidamente. Goodfellow me parecia um nome alentador.

— Acho que foi um mal-entendido e estamos aqui para esclarecer tudo rapidamente, pois temos nosso avião para o Brasil amanhã – disse calmamente, tentando ser o mais simpático possível, tanto quanto minha aflição permitia. Não roubei nada, emprestei o ventilador que estava no corredor do hotel e o devolvi no dia seguinte pela manhã. Não sei por que o hotel deu queixa de roubo e não escondi o que fiz quando me foi perguntado. Aliás, é do hotel que eu deveria ter dado queixa por se dizer 4 estrelas e não ter sequer um ventilador nos quartos.

— Acalme-se, sr. K. Temo que o senhor não consiga partir amanhã – o inspetor falava pausadamente. O senhor confessou ao gerente do hotel ter surrupiado o ventilador do corredor e agora temos uma série de providências a tomar. Há uma queixa de roubo e temos o larápio. O juiz decidirá o que fazer com o senhor.

Eu tentava me manter calmo.

— Mas e se o hotel retirar a queixa de roubo? Foi só um mal-entendido, inspetor.

— Agora já não está mais nas mãos do hotel. A queixa de roubo vai seguir sua tramitação e o senhor responderá por ela no momento oportuno. Sr. K — ele prosseguia pausadamente –, não adiantará nada ficar nervoso, pois isso só atrapalhará a tramitação do seu processo. Poderá, inclusive, provocar outros adiamentos e mesmo agravamento de sua situação. Por enquanto não será necessário contratar um advogado, mas o seu passaporte ficará retido. Enquanto eu tento agilizar a tramitação do seu processo, o senhor deverá preencher esses formulários.

— E minha esposa, Laura, ela também está retida?

— Não, sr. K. Eu consegui focar o processo somente no senhor e mereceria um obrigado por isso. Eu até arrisquei minha carreira na Yard pelo senhor e sua esposa, mas eu sei que não vão entender. O senhor vai ficar para preencher os formulários e a sra. Laura está livre para fazer o que quiser.

Em seguida, o Inspetor Goodfellow, cujo nome já estava me irritando, levantou-se e saiu da sala. Olhei para Laura sem saber por onde começar. Ficamos em silêncio por alguns minutos que pareceram horas. Laura quebrou aquele silêncio opressivo.

— O que faremos? – perguntou aflita.

— Não sei, mas acho que precisamos de ajuda. Eu não posso sair, mas você poderia ir ao consulado e explicar o que está acontecendo. Acho que precisaremos remarcar nossas passagens e estender nossa estadia no hotel, embora ainda não saibamos quanto tempo essa história poderá nos tomar.

— Você está certo... – dizia Laura com a voz desanimada. Vou dar um pulo no consulado antes que eles fechem. Volto assim que puder.

REVELAÇÃO

Certa manhã, Werner permitiu que X lesse as primeiras páginas. Uma estranha relação havia se estabelecido entre os dois homens. X tornara-se parceiro na criação dos personagens e da história que Werner estava escrevendo. Este temia que aquilo fosse acontecer – já havia lido, durante as pesquisas que fizera para uma história de sequestro que escrevera alguns anos antes, sobre a síndrome de Estocolmo. X não poderia ter imaginado situação melhor. Ele estava acostumado a interferir no processo de criação dos autores que sequestrava. Parecia esperar por aquela oportunidade de participar, parecia ser esse o motivo do crime. Sua falta de criatividade própria era suprida pela dos outros. Sua masmorra e seus métodos de tortura eram voltados unicamente para obter aquela cumplicidade doentia com a mente criativa. X criava um ambiente propício para a síndrome. Ele não era capaz de compor, de pintar, de exprimir de forma artística os sentimentos humanos, então aprisionava e torturava para obter de outros esses momentos sublimes da alma, as epifanias.

Naquela noite, Werner teve um sono preenchido de sonhos: uma praia imensa e cavalos correndo ao redor, batendo os cascos nas ondas que morriam na areia... É isso! A sensação de cavalgada é muito forte – o sonho parecia real. Ele já havia cavalgado antes, mas daquela vez foi diferente: era ele o cavalo! O choque vigoroso das patas no mar e os respingos de água fresca e salgada misturando-se ao suor quente que escorria melado pelas ancas potentes era algo que nunca havia sonhado com tal realismo. Era como se estivesse de fato vivendo aquele sonho. Os cheiros, o prazer imenso do galope desenfreado ao lado de seus companheiros...

Acordou assustado, molhado de suor. Levantou-se para ir ao banheiro. Ao olhar-se no espelho, espantado, viu que seu corpo estava mudando rapidamente. De cada cravo do corpo nascia uma penugem. Os músculos das pernas e dos ombros pareciam estar espessando-se e outros detalhes de seu corpo pareciam estar se modificando. Olhava para si mesmo tentando imaginar uma explicação lógica para sua transformação. Só conseguiu dar um grito desesperado e caiu. Pouco depois X entrou. Era uma madrugada fria. Pela primeira vez X foi mais carinhoso com Werner, tomando-o em seus braços, ajudando-o a levantar-se e o levando para a cama. Sentou-se ao lado e ficou esperando Werner refazer-se para as inevitáveis perguntas.

— O que está acontecendo?

— Não sei, mas já aconteceu antes.

— O que você quer dizer com isso?

— Aconteceu algo semelhante com outros que trouxemos para cá.

— Como assim?

— Eles também sofreram uma metamorfose à medida que o trabalho foi avançando e quando terminaram simplesmente fugiram daqui, deixando o fruto de seu trabalho. Acho que vocês se transformam em algum animal com o qual tenham uma profunda identificação. Depois simplesmente vão embora. A pianista transformou-se em uma espécie de papagaio. Aquele artista plástico de que lhe falei transformou-se em uma espécie de monstro que misturava homem e touro e que ele dizia chamar-se Minotauro. Quando os procurei para entregar-lhes o produto de sua estadia, já estavam em seu estado normal e diziam nem lembrar de sua transformação. Receberam com prazer o resultado dolorido de seu trabalho.

— Você quer dizer que essas penugens que estão brotando são uma espécie de alucinação? Mas eles fugiram daqui graças a essa transformação, não foi?

— Acho que tudo isso faz parte do estado de profunda concentração no trabalho de criação artística em que meti vocês – é tensão criativa. Sai pela pele, pelos poros. Você vai me agradecer por esse estágio.

— Você está completamente louco e está me enlouquecendo também. Saia do meu quarto. Deixe-me em paz!

— Você nunca mais será o mesmo e o seu trabalho vai alcançar um novo patamar artístico que só a dor pode lhe trazer. Todo seu corpo vai agradecer. Você nunca mais vai esquecer de mim: serei seu pai.

— Saia!! — Werner gritou

X levantou-se sem protestar e bateu a porta atrás de si. Werner sentou-se em frente ao computador e continuou escrevendo. Suas unhas estavam crescendo a uma velocidade assustadora e estavam mais grossas, mais rudes. Sabia que não conseguiria mais digitar então deixou um recado por escrito pedindo que trouxessem um gravador. Talvez conseguisse terminar antes de relinchar.

A história estava avançada, mas ainda faltava um bom começo. Continuou divagando. Para Nietzsche, Deus é uma invenção para espíritos fracos. Se não há Deus, então toda a construção paulina do conceito de pecado desmorona. Para Nietzsche, não há pecado, há somente homens que podem e devem seguir seus próprios valores morais. Não há corrupção da alma, pois que não há pecado. Somos então todos corruptos e corruptores? Não, somos todos seres humanos. Somente os fortes sobrevivem... A necessidade de uma ética, de um sentido para a vida, é uma invenção dos fracos. Não há objetivo, não há vida após a morte, não há um Deus onipotente que julga o bem e o mal, que julga os atos dos homens.

Laura me deu um abraço e um beijo sem esconder uma pequena lágrima que escorreu lentamente pela face antes de ser enxugada com as mãos, sem disfarce. Quando ela saiu me senti completamente abandonado, culpado como uma criança que fez uma asneira. Quem poderia nos ajudar em uma situação como aquela? Menos que um cidadão, em um país estranho, sem amigos, sem partido, sem advogado, sem nada. Alguém me deve alguma explicação, pensei. Não é possível que me deixem largado nessa sala durante tantas horas sem que meus direitos sejam respeitados. Aliás, quais são os meus direitos? Estou preso? Resolvi sair da sala e procurar algum esclarecimento.

— O senhor não pode sair dessa sala! – falou alto, com voz autoritária, uma agente que estava a poucos metros da porta.

— Eu quero falar com o Inspetor Goodfellow – respondi firmemente.

— Se o senhor não voltar imediatamente à sua sala terei que chamar os guardas e algemá-lo. Não gostaria de me ver forçada a tal atitude, sr. K.

Então ela sabe o meu nome, pensei. É quase reconfortante.

— Estou há horas esperando por explicações, mas ninguém fala comigo — disse exasperado.

— Acalme-se, sr. K. Tudo será esclarecido oportunamente. Agora volte para sua sala.

Havia pessoas me olhando e dois guardas observando atentamente no fundo daquele corredor. Voltei cabisbaixo à sala e fechei a porta. Sentei-me e esperei. Não tardou para que o Inspetor Goodfellow reaparecesse.

— Foi uma besteira o que o senhor fez, sr. K. Sua atitude não vai ajudá-lo em nada.

— Estou me lixando se minha atitude vai ou não me ajudar. Estou cansado e tenho que ser respeitado. Não fiz nada de errado e não mereço ser tratado dessa maneira. Vou relatar ao cônsul de meu país o que a Scotland Yard está fazendo comigo e os prejuízos que vai me causar. Hoje terminam minhas férias e tenho que voltar amanhã ao meu escritório. Exijo saber quando verei o juiz para solucionar esse problema que só vocês estão causando.

— Sr. K, já disse para o senhor acalmar-se. Este é um país em que a lei é respeitada e houve uma queixa de furto. Não nos interessa saber por que o Hotel Berjaya registrou a queixa, mas o senhor mesmo confessou ter surrupiado o ventilador do corredor para usá-lo em seu quarto. Então, mesmo sendo um caso sem importância, temos uma série de trâmites jurídicos a cumprir e o faremos, quer o senhor goste ou não. Quanto ao prazo para essa audiência, não posso garantir nada, mas não costuma ser demorado. Na verdade, nosso sistema penal prevê uma avaliação do seu caso por um procurador que tem o poder de arquivar ou de levar o caso ao tribunal. Esse procurador vai receber um relatório fornecido pela Yard, com minha recomendação para o caso. Ele pode ou não aceitar minha sugestão ou pedir mais informações. Por isso o preenchimento dos formulários é tão importante para a instrução do seu caso, sr. K. O senhor já os preencheu?

— Não, ainda não terminei. Quero falar com um advogado, agora!

— Se o senhor não puder pagar ou não tiver advogado, então poderemos indicar um da advocacia geral que virá dentro de alguns dias. Como já disse, nesse momento o senhor não está preso, mas recomendo que fique e nos ajude na instrução do seu caso, em seu próprio benefício. O senhor tem o direito de nada responder, mas, nesse caso, levaremos mais tempo para instrução do seu processo.

Fiquei olhando para o inspetor sem saber o que pensar, catatônico. Ele falara calmamente e o que dissera fazia sentido. Já nascemos envoltos em burocracia, atestado de nascimento, atestado de óbito, normas, portarias, leis etc., etc., etc.

— Estou com fome e com sede, mas vou preencher seus formulários. Se não estou preso, então, quando terminar, vou sair por aquela porta e voltar ao meu hotel.

Debrucei-me sobre aquela montanha de papéis e comecei a escrever, mas parecia que tudo estava tremendo. Seria um terremoto em Londres?! Que calor! Como será que eles fazem para aguentar esse calor sem ventilador, sem ar condicionado.

— Acorde, K. Vamos! – Laura me chacoalhava na cama. Para de gritar! Acorde agora mesmo!!!

O cordeiro gorduroso que comemos naquele pub escuro não havia descido nada bem. Aquelas cervejas meio quentes também não ajudaram em nada. Estava suado e mal conseguia acordar e sair do pesadelo. Era o mesmo quarto apertado daqueles dias em Londres e Laura era a mesma esposa dos últimos quinze anos. Nada havia mudado. Ela me olhava como se eu fosse um louco. Ainda era noite, mas o calor úmido era opressivo. Sentei-me na cama esforçando-me por fazer com que meu cérebro saísse daquela vertigem, daquele buraco sem fundo em que se metera. O ventilador fazia aquele barulho desagradável ao girar, típico de sua velhice e incompetência. Lá, ao lado de minha cama, sobre o criado-mudo, jazia o livro "O Processo" de Kafka, que estava lendo naquelas férias. Mais alguns segundos e consegui falar.

— Laura, ainda prefiro as nossas delegacias de polícia!

Levantei-me sem dizer mais nada e fui ao banheiro tomar uma ducha inútil, sob o olhar resignado de Laura, que nada entendeu.

PEGASUS

Naquela noite, Werner sentiu-se aliviado. Deitou-se no chão de seu quarto para descansar até o amanhecer, que não tardaria. Havia ditado o final de seu livro durante a noite e já sabia até o título que queria para sua criação: "Ensaio sobre o Embuste". Antes de se deitar, ainda conseguiu ler as primeiras linhas de seu romance: "O sequestro ocorreu numa tarde corriqueira, numa rua como todas as outras. Ele foi levado em um carro que parecia uma kombi até a garagem da casa, onde, ainda vendado, foi levado a um quarto hermeticamente fechado. Lá, finalmente, tiraram-lhe a venda. Aos poucos foi se acostumando com a claridade até perceber a presença daquele homem de estatura mediana, forte. Seu rosto estava coberto de tal forma que somente os olhos podiam ser vistos. Ele não parecia temer qualquer reação, pois não tinha arma aparente e não manteve Werner imobilizado em nenhum momento.

— O que você quer de mim? Só pode ser um engano. Ninguém vai pagar resgate por mim. Estou endividado, solteiro, pobre. O que você quer?"

Exausto, olhou mais uma vez para o quarto e para si mesmo no espelho. Reconhecia agora aquele personagem. Não era um centauro, embora fosse parecido. Ele era Pegasus, o cavalo alado. Abriu suas asas e elas estavam prontas. Sabia que sairia de seu cativeiro e voaria livre até onde sua imaginação o quisesse levar. Não estava mais preso a quatro paredes em lugar nenhum do mundo. Nunca mais sentiria a sensação claustrofóbica que sempre sentia quando entrava em seu pequeno apartamento cujas paredes mais pareciam querer jogá-lo para fora. Agora sua mente estava mais livre que nunca e sentia-se poderoso. X tinha razão: nunca mais esqueceria...

NASCE UM ARTISTA

Martin estava feliz com o sucesso que havia conquistado como *cover* de Phil Andrew, líder da banda inglesa Superstar. Alguém muito especial entrou naquela noite no teatro para ver sua performance como Phil. Martin não percebeu sua presença durante o show e o espetáculo foi especial, até para ele, no Festival de Verão de Quebec. Ao final, extenuado, Martin dirigiu-se ao seu camarim.

Aquele homem com aparência cansada entrou com Martin no camarim sem nada dizer, sem pedir licença, como se aquele lugar lhe pertencesse. Os olhos de ambos se cruzaram e Martin, apreensivo, pensou se não deveria chamar o segurança. Quem seria aquele homem silencioso e de ar triste? Após alguns minutos, finalmente decidiu-se e perguntou:

— Quem é você?

— Você roubou minha vida, minha arte e até minha tristeza.

— Como assim?

— Vista-se. Preciso conversar com você. Vamos ao seu hotel.

Saíram sem falar com ninguém. Quem era aquele homem que o acompanhava com as costas curvadas e andar hesitante? Por que se deixava conduzir? Dirigiram-se silenciosamente ao hotel em que Martin estava hospedado naquela noite abafada e úmida do mês de julho. Martin se perguntava por que deixara aquele homem acompanhá-lo. Não o conhecia, podia ser perigoso, mas, hipnotizado, seguia em frente. Ao entrar no quarto perguntou ainda uma vez:

— O que quer de mim?

— Pode me chamar de Phil. Você me conhece muito bem, ou pelo menos minhas músicas.

— Phil Andrew? — duvidou Martin — Não é possível! O que aconteceu com você? Parece um homem de 60 anos.

— É, eu não estive muito bem esses últimos anos. Parei de compor, de fazer shows e sumi de cena.

Naquele momento, o interfone tocou e Martin atendeu.

— Eu estou bem, não se preocupem. Não, eu não irei à festa. Não posso, peçam desculpas por mim. Eu sei que a festa era para nós, mas não posso agora, talvez mais tarde. Juro que estou bem, podem ficar tranquilos. O cara que apareceu? É um velho amigo. Preciso desligar. Tchau!

Voltou-se então para Phil e olhou incrédulo para aquele homem retorcido que parecia carregar um enorme peso nas costas. Era como olhar para um espelho defeituoso. Parecia um gnomo, uma caricatura malfeita a partir de uma foto esmaecida com as roupas rotas. A calça era pelo menos dois números maior do que deveria ser e estava presa ao corpo por um cinto de couro esgarçado, no último buraco. A camisa também era grande demais e estava marcada de suor — o conjunto formando uma figura triste e pobre, quase mendiga.

Mas era ele, não havia dúvida. Os olhos, a careca pronunciada e, principalmente, a voz eram inconfundíveis.

— Estou muito feliz em ver você e poder conversar. Viu o show? Gostou?

— Eu nunca fiz um show tão bom! As músicas são minhas, é verdade, mas você é muito melhor — tanta energia.

— Não é verdade o que você está dizendo. Assisti a pelo menos dois de seus shows e adorei. Fiquei hipnotizado pelo resto da vida. Mas o que você quer de mim? Estou pagando seus direitos autorais direitinho.

— Vim para viver com você e, talvez, ajudar em alguma coisa. Você sabe: também tenho alguma experiência em shows.

— Você deve estar brincando! Parece um absurdo e ninguém vai entender. Eu não sei.

Phil o interrompeu secamente e, com voz ansiosa, implorou para que Martin o aceitasse.

— Farei qualquer coisa para ajudar sua banda. Só preciso, por algum tempo, de discrição sobre minha identidade.

Sem entender nada, mas sabendo que de alguma forma devia isso a ele, Martin aceitou. Disse que ia pensar em como organizar sua entrada no grupo. Falariam sobre os detalhes na manhã seguinte durante o café da manhã.

— Para não complicar as coisas, posso dormir naquele sofá.

Pediu para tomar um banho e usar as roupas de Martin. "Claro, pode pegar qualquer coisa do armário. Peça alguma coisa para comer". Depois de tomar um uísque no bar do hotel, Martin voltou para encontrar Phil, já vestido. Estava com uma cara melhor, barbeado.

— Vou dizer a todos que você é meu primo Lennie. Todos já ouviram falar desse primo que se parece muito comigo e que está perdido no mundo. Direi que você também tocou em várias bandas e ajudou em shows. Vou inventar alguns nomes, isso não será um problema. Sempre tem muita gente gravitando em torno das bandas e será difícil para eles descobrirem alguma coisa, pelo menos por um tempo. De qualquer forma, não estamos fazendo nada de errado.

— Eu acho uma ótima ideia, Martin. Admiro muito seu show. Quando assisti fiquei maravilhado. Prefiro ser o Lennie por enquanto — só quero ajudar.

— Tá certo, amanhã encontraremos a equipe. Fique no meu quarto até o final da temporada em Quebec. Depois pensaremos em algo, ok?

No dia seguinte pela manhã, os dois desceram para encontrar a banda. Todos ficaram olhando para Martin e Phil quando chegaram ao saguão do hotel. Havia um grande sofá com algumas poltronas em torno de uma mesa e foi lá que tiveram seu primeiro contato com Lennie. Martin o apresentou e explicou que ele seria o mais novo membro da equipe, ainda sem uma função específica. Surpresa, Alex perguntou o que ele sabia fazer. Os quatro homens e duas garotas olhavam incrédulos, enquanto Martin explicava, em poucas palavras, a história e os planos para seu primo. Ele ficaria encarregado de ajudar nos pequenos detalhes das montagens dos equipamentos. Seria uma espécie de ajudante-geral.

Lennie sentiu os olhares fixados em si, sobretudo o de Alex, administradora da banda. Sem ela, os shows e a agenda do grupo não seriam possíveis. Ela tomava conta de uma infinidade de detalhes, como transporte, alimentação e hotéis — cada um tinha suas preferências, suas idiossincrasias, e ela conhecia tudo e todos. Além disso, frequentava a cama de Martin.

— Ainda não sei como vou ajudar, mas sei fazer uma porção de coisas. Já trabalhei com outras bandas e tenho alguma experiência na montagem de shows – dizia Lennie tentando aparentar firmeza.

Ele não queria alongar-se muito para não aguçar ainda mais a inevitável curiosidade de todos. Sentia preocupação no olhar de Martin, que aproveitou um momento de silêncio para convidar a todos para o desjejum. Na mesa ainda discutiram alguns pequenos detalhes técnicos e a programação para os dias que se seguiriam. Martin sabia que o perigo maior viria de Alex, curiosa, esperta e ciumenta, muito ciumenta. Os rapazes logo se acostumariam com a presença de Lennie e o aceitariam com facilidade. Mas Alex ficou o tempo todo perscrutando os olhos de Martin e Lennie para sentir alguma hesitação, mentira, falsidade que pudesse captar com seus sentidos aguçados. Martin sentia o radar de Alex funcionando. Ficou pensando que não havia feito nada de errado e não devia temer a verdade. Algo dentro dele, entretanto, dizia que aquilo não devia ser revelado aos outros, pelo menos até saber o que Phil realmente queria. Jantaram e conversaram sobre o último show. Mais tarde, Martin e Lennie saíram para comprar algumas roupas. Sentaram em um bar para tomar um café.

— Tome cuidado com a Alex. Ela é muito esperta e curiosa e vai querer saber tudo sobre sua vida. Acho melhor, como te disse, manter tua identidade em segredo, pelo menos por algum tempo. Os outros não serão tão invasivos.

— Você tem razão, Martin. Queria mais uma vez agradecer a paciência e a permissão para acompanhar você e o grupo. Não estou nada bem e preciso da sua ajuda. Tentei de tudo — terapia, igreja, ioga, meditação, Alcoólicos Anônimos, muitos medicamentos e só tenho piorado. Há alguns meses fui parar no hospital, quase morto. Disseram-me depois que havia tentado me matar, mas não consigo lembrar. Tentarei não ser um estorvo.

— Entendo que você precise de ajuda, Phil, mas sinceramente não sei como poderemos ajudá-lo. Conseguimos montar esta banda, este show, graças ao seu talento, não ao meu, mas o pouco que ganhamos mal é suficiente para sustentar a mim, minha família e o grupo.

— Conheço a estrada muito bem, Martin. Também passei por dificuldades, mas agora estou morrendo. Quero ajudar e minha experiência poderá lhe ser útil, você vai ver.

— O que aconteceu com você?

— Não quero falar sobre isso agora. Desculpe-me, Martin — é tudo tão dolorido. Você saberá, mas me dê um tempo. Se não melhorar, vou sumir e você nunca mais me verá. Mas sinto que achei o que estava precisando.

Os dois homens, tão parecidos fisicamente e, ao mesmo tempo, tão diferentes, levantaram-se para comprar as roupas de que Lennie iria precisar. Almoçaram, conversaram mais sobre a agenda e os shows da banda e voltaram ao hotel no final da tarde a tempo de Martin se preparar para o show daquela noite. Durante os dias seguintes, Lennie ficou observando atentamente o trabalho da equipe. A temporada estava terminando.

Na véspera da partida de Quebec, ninguém conseguia encontrar Lennie em lugar algum. Martin já estava preocupado quando, logo após o jantar, recebeu um telefonema da polícia perguntando se conhecia um tal de Phil. Foi até a delegacia e, lá, o delegado o levou a uma cela onde Phil estava estirado. Ele havia se metido em uma briga após beber em demasia. Estava machucado, havia hematomas espalhados por todo o corpo e ainda estava bêbado.

Martin pagou uma multa e assinou um termo de responsabilidade para poder liberá-lo. Levou-o, por sugestão do delegado, a uma farmácia próxima para fazer alguns curativos. Ao chegarem ao hotel, Martin o levou para a cama.

No dia seguinte ninguém da equipe fez qualquer comentário. A van partiu e Lennie sentou-se ao lado de Martin.

— Ontem no bar um sujeito começou a falar mal do seu show. Começamos a discutir e parti para a briga. Apanhei, é verdade, mas bati também.

— Não precisava se quebrar por causa de um idiota falando asneiras.

— Na verdade, eu gosto disso, Martin, e preciso liberar minha agressividade de vez em quando. Uma boa briga é perfeita para isso. Eu adoro.

A equipe se entreolhava, ouvindo a conversa, sem saber o que pensar.

No entanto, conforme os dias foram passando, a influência de Lennie sobre os shows foi aumentando. Era evidente o prazer que sentia em atuar nos mínimos detalhes: umas notas a mais no solo de guitarra, mudança de entrada da bateria, detalhes na iluminação. Enfim, ele havia pouco a pouco se tornado uma espécie de diretor artístico, deixando Martin livre para preocupar-se somente com seu desempenho.

Não aconteceram mais episódios de brigas e Phil afastou-se do uísque. Seu relacionamento com a banda era bom e todos ouviam suas observações —

havia conquistado o respeito da equipe. Sabia muito sobre música, tocava vários instrumentos e sabia fazer arranjos. Isso só atiçava mais ainda a curiosidade de Alex, que continuava sem saber o que pensar e fingia naturalidade. Naquela noite, entrou no quarto de Martin, levantou a coberta e aconchegou-se ao seu corpo. Fizeram amor e ficaram abraçados, preguiçosos. Alex aproveitou-se daquele momento de relaxamento para perguntar:

— Ele não é seu primo. Quem é ele?

Martin continuou de olhos fechados sem responder. Após alguns momentos, resolveu levantar-se para tomar uma ducha e ir ao salão para o café da manhã, deixando Alex sem resposta. Ela também se levantou e Martin não pode deixar de olhá-la — mediu cada centímetro daquela mulher magnífica: os longos cabelos negros, os ombros largos e as coxas fortes. Ela também entrou na ducha e fizeram amor mais uma vez. Era assim entre eles: ficavam longos períodos sem se tocar, sentiam saudades e saciavam seus corpos até a exaustão. Amavam-se de um jeito peculiar: ele tinha outras mulheres e ela, outros homens naquela vida errante. Ambos tinham, ainda, um casamento oficial: Martin tinha dois filhos com sua mulher Florence, em Quebec, e Alex tinha também dois filhos com Felix em Calgary.

Ao descerem ao *lobby* do hotel para encontrar a equipe, Martin comentou que não estava se sentindo muito bem.

— Estive notando que você não tem mostrado toda sua energia para nossas plateias esses últimos tempos. Você está cansado? — perguntou Alex

— Sinto-me abatido. Essa história de ser *cover* está me matando – não aguento mais. Às vezes não sei mais quem sou. Eu, que sempre ensinei meus filhos a serem autênticos, a terem prazer em criar com as próprias mãos. No último final de semana que ficamos juntos, ensinei a eles como montar suas próprias pipas e me senti um mentiroso, um falso. Outro dia quase pedi ao Lennie para me substituir na última parte do show. Você acha que ele seria capaz?

— Você deve estar enlouquecendo, Martin. O show é teu. Ninguém pode te substituir.

— Tivemos a sorte de o Lennie aparecer e você já deve ter notado como ele é parecido comigo. Acho que seria capaz de me substituir. Eu só não sei se ele concordaria.

— A equipe ficaria muito mal, e eu não quero isso de jeito nenhum.

— Deixa pra lá, Alex.

Em um intervalo entre os shows de sua apertada agenda, Martin foi visitar sua esposa e filhos em Quebec. Ainda era verão e aproveitaram para acampar na beira do lago Saint-Charles. A vista era belíssima e todos estavam felizes em poder compartilhar aqueles dias. Naquela manhã, aproveitou para ensinar aos meninos a arte da pescaria. Depois resolveram construir mais uma pipa enquanto Florence assava os peixes que tinham pescado. Martin emocionava-se por qualquer motivo e chorava. Os meninos nada entendiam e Florence, ao ver aquele homem chorando como uma criança, ficou realmente preocupada. Algo não estava nada bem.

Naquela noite, sob um magnífico céu estrelado e com os garotos dormindo extenuados, Martin e Florence puderam conversar, acompanhados de uma taça de vinho.

— O que está acontecendo, Martin? Por que você chorou fazendo aquelas pipas? Os garotos não entenderam nada.

— Eu também não sei o que está acontecendo comigo, Flo. Choro por qualquer motivo idiota desde que Phil juntou-se ao grupo.

— Quem é Phil? Você nunca falou dele.

— Eu sei. Você não pode imaginar o que aconteceu. Phil Andrew nos procurou!

— Ele mesmo?! Você tem pagado os *royalties*?

— Claro, Flo. Ele estava péssimo. Acho que tinha tentado se matar pouco tempo antes. Assistiu ao nosso show no Festival de Verão em Quebec e me procurou no camarote. Ele estava tão envelhecido que não o reconheci a princípio. Disse que estava precisando desesperadamente de ajuda e pediu para ser aceito na banda.

— Para tocar?

— Não, ele só queria ajudar. Mantive em segredo sua identidade e ele foi se integrando com a banda. Ele melhorou nosso show com inúmeros detalhes, desde arranjos novos para as músicas à iluminação dos shows, e até mostrou outro dia uma música nova que está preparando com a banda.

— Mas isso é loucura total, Martin!! O que ele quer com você? Esta é uma banda *cover* e agora ele se pôs a compor? É loucura!

— Eu sei, Flo, e quem não está nada bem agora sou eu. Outro dia quase pedi a ele para me substituir. Estão todos atônitos e sem saber o que fazer — muito menos eu. Estou chorando por qualquer motivo, dormindo mal e acordando cansado, sem vontade e sem energia para nada. O show tem sofrido também.

— Você tem que ver um médico, Martin. Talvez um terapeuta.

— Eu sei o que está me perturbando, mas não há nada que eu possa fazer para mudar a situação.

— O que está acontecendo?

— Você sabe como amo música. Sempre amei. Eu já dedilhava um violão com 9 anos de idade e ficava admirando os roqueiros da época. Esta é minha vida — é o que eu sei fazer de melhor, mas nunca consegui ser eu mesmo.

— Como assim?

— Olhe! Uma estrela cadente. Que lindo esse céu. Você quer mais um pouco de vinho? Vou lá dentro buscar. Está um pouco frio agora. Vou também pegar umas cobertas. Isso está muito lindo. Obrigado Flo. Eu te amo.

Ela percebeu que Martin estava com lágrimas nos olhos novamente. Levantou-se para ajudá-lo e abraçá-lo. Ficaram assim por alguns instantes. Foram até o trailer e pegaram mais vinho e as cobertas. Os meninos dormiam tranquilos e os únicos sons que ouviam eram os ruídos da floresta e do vento acariciando o lago. Ficaram mais um tempinho curtindo aquela paz e foram deitar abraçados.

No dia seguinte, acordaram cedinho com a algazarra dos garotos que haviam visto um urso na beira do lago. Eles sabiam que era perigoso aproximar-se, ainda mais quando se tratava de uma mãe ursa com seus dois filhotes. Chamaram Martin e Florence que vieram observar e tirar algumas fotos para o álbum de família. Depois pegaram os dois caiaques para remar em volta do lago e pescar mais alguns peixes para o almoço. À noite preparam uma fogueira com os meninos e Martin pegou seu violão para cantar algumas músicas. Greg, o mais velho, sabia acompanhar o pai com sua flauta e Harry fazia a percussão. Martin havia ensinado bem os garotos, que adoravam esses momentos de pura felicidade. Várias músicas eram composições de Martin. Aproveitavam para tocar também algumas músicas de Phil. Florence observava seus homens com orgulho e emocionava-se também, mas por outros motivos – eram seus filhos, saudáveis, inteligentes. A tristeza de Martin, entretanto, foi percebida por todos — só eles conheciam suas músicas. Eles e as corujas da floresta.

Mais tarde, quando os meninos já estavam dormindo, Flo e Martin repetiram com prazer aqueles momentos à beira do lago, sentados com uma taça de vinho na mão, observando a natureza preservada, bela e selvagem. O lago abrigava uma quantidade enorme de pássaros migratórios em suas margens. O rio que alimentava o lago trazia uma enorme quantidade de peixes que alimentavam a vida naquela região. Ursos, raposas, lobos e muitas espécies de pássaros podiam ser vistos com facilidade. Ficaram olhando a paisagem sem falar durante alguns minutos.

— O que você pretende fazer, Martin?

— Não faço a menor ideia, Flo. Você sabe que eu tentei de tudo para emplacar minha carreira, mas nunca deu em nada. A banda depende de mim. Temos nossas contas a pagar e precisamos guardar dinheiro para a faculdade dos meninos. Vou superar, você vai ver.

— Mas você está tão triste que vai acabar doente. Isso se chama depressão e talvez você precise de algum medicamento. Não há vergonha nisso.

— Eu sei, querida, mas não quero muletas. Sempre fui capaz de enfrentar nossos problemas e vou superar mais este. Phil chegou e está liberando em mim essa frustração. Não é culpa dele.

— Não é todo mundo que faz sucesso, Martin. Você tem a mim e a seus filhos, que te amam. Faça tuas músicas. Continue acreditando.

— Para mostrar a quem, meu Deus? Você nem pode imaginar o que tentei para mostrar meu trabalho. Ninguém está interessado, ninguém olha. Eu sou um zero.

— Suas músicas são lindas e nós adoramos.

— Dediquei toda minha vida à música. Consigo agora ganhar um bom dinheiro, mas graças à chegada de meu ídolo, Phil, não consigo mais subir ao palco sem chorar ou tomar um monte de uísque antes. Não é normal e não sei mais o que fazer.

Não demorou muito para acontecer aquilo que Martin temia. Uma noite ficou deprimido e bêbado. O show começou e a equipe percebeu que ele não estava nada bem — temeram pelo espetáculo. Alex chamou Lennie e pediu para que ele se preparasse para subir ao palco. Fez um sinal para Wesley alongar seu solo na bateria e entrou no palco para pegar Martin e levá-lo para fora. A plateia nada percebeu e Lennie fez um show sublime. Parecia um garoto dessas bandas de fundo de quintal que têm pela primeira vez um público no baile anual de formatura da escola secundária. Sua felicidade contagiou a plateia, que correspondeu com longos e entusiasmados aplausos no final. Alex não viu a performance de Lennie. Ficou com Martin ao seu lado na cama, onde ele desabara pesadamente. Ficou pensando e esperando. Mais tarde Lennie entrou no quarto de Martin e ficou frente a frente com Alex, que o fitava diretamente nos olhos.

— Você não precisa mais mentir para mim. Já sei quem você é, Phil.

— Você acha que devemos contar para a equipe?

— Acho que não é mais possível guardar segredo. Aliás, acredito que eles já descobriram.

Naquela noite, Phil não conseguiu fechar os olhos. Pensava na poça de sangue em sua volta, as seringas, a fumaça... Havia chegado ao fundo do poço, a um ponto tal de degradação que quase não teve mais volta. E foi quase mesmo – foi salvo por um triz, por pura sorte. Não conseguia mais compor ou cantar. Estava só e seu casamento fora destruído pelos excessos em bebida e drogas. Foi quando ouviu falar de um show naquela cidade da qual nem se lembrava o nome e muito menos de como lá chegar, um show *cover* dele mesmo. Isso mesmo, um *cover* do velho Phil faria um show com suas músicas e isso o deixou curioso. Naquela noite, encontrou Martin para lhe pedir ajuda. Já haviam se passado alguns meses após aquele primeiro encontro e Phil sabia que devia sua vida a Martin e sua banda. Mais tarde Alex bateu à sua porta.

— Posso entrar?

— Claro, não consigo dormir. Quer beber algo?

— Não e você sabe que não deveria também.

— É, eu sei. O que você acha que eu deveria fazer, Alex?

— Nós todos amamos o Martin — eu mais ainda — e seu estado é preocupante. Nunca o vi tão deprimido. Ainda não consegui entender o que está se passando em sua cabeça. Só sei que, desde que você chegou, ele só tem piorado. A merda é que todos nós devemos nossa banda, nosso show, nosso meio de vida ao Martin – e a você! Agora a banda está tocando até mesmo novas músicas do velho Phil. Não é completamente absurdo?! E, para completar, você está fazendo shows como um *cover* de si mesmo, sem ninguém saber.

— Não sei o que dizer a não ser que devo minha vida a Martin e a vocês. Havia me perdido de mim mesmo e vocês me salvaram.

Uma lágrima rolou pela face envelhecida de Phil, hesitando em seu caminho, por cada ruga de seu destino. Ela não passou despercebida. Alex levantou-se para aconchegar-se nos braços de Phil, que sentiu, com saudade, o calor do corpo de uma mulher. O que estava acontecendo? Logo estavam se beijando loucamente e arrancando as roupas. Fizeram amor e depois, abraçados na cama, relaxaram por algum tempo. Phil conseguiu então dormir por alguns minutos. Alex o acordou.

— Ninguém deve saber desse nosso encontro, Phil. Muito menos Martin.

— É claro, não precisava nem dizer.

— Estamos há muito tempo juntos na estrada. Ele agora está mal e eu não consigo entender por quê. Durante muitos anos tentamos de tudo. Tocamos em bares imundos e ganhávamos uma miséria que mal dava para nos alimentar, mas éramos felizes. Adorávamos sua música, Phil. Um dia Martin propôs uma experiência com suas músicas em uma cidadezinha do meio-oeste americano, perto de Minneapolis. Ele é muito parecido com você e o show deu certo. Já faz quase 5 anos que vivemos de suas músicas, Phil. O grupo aumentou e nossas famílias vivem confortavelmente desde então.

— Entendo tudo isso, Alex. Não estou aqui para destruir nada, muito menos Martin, que me deixou fazer parte da banda. Eu já disse e repito, devo minha vida a vocês. Estou me sentindo renovado e tenho até composto novas músicas. Não sei o que farei no futuro, mas, por enquanto, não me incomodo nem um pouco de ser o *cover* de mim mesmo.

O dia estava amanhecendo e anunciava-se frio e cinzento em Edinburgh, perto de onde Phil nasceu e viveu toda sua infância. Seus pais haviam morrido e, por ser filho único, sempre fora meio solitário. Agora não havia mais ninguém a quem procurar em sua cidade natal. Sua ex-mulher e sua filha viviam em Londres e estava mesmo pensando em visitá-las para mostrar que estava recuperado. Iria convidar sua filha para ficar com ele alguns dias junto com sua nova banda.

Após vestir-se, foi ao quarto de Martin. Aquele velho hotel localizado no centro histórico de Edinburgh fora renovado recentemente. Tinha quartos, corredores e salões de dimensões bem maiores que os de hotéis modernos. Com muito carvalho, imensas cortinas e tapetes, seu ambiente pesado condizia com o clima gélido e úmido da cidade. Entrou no quarto espaçoso de Martin e sentou-se em uma poltrona ao lado da cama, onde ele ainda estava deitado. Esperou que acordasse. Não tardou para que Martin percebesse sua presença. Levantou-se sem dizer palavra e foi primeiro ao banheiro arrumar-se um pouco. Lavou as mãos e o rosto, em uma tentativa malsucedida de enxugar a enorme ressaca da bebedeira da noite anterior. Voltou ao quarto e sentou-se em outra poltrona.

— Como foi o show ontem? Tudo bem?

— Deu tudo certo, Martin. O público foi caloroso. O que está havendo com você? Estamos preocupados.

— Humm, não sei... Não consigo parar de pensar que tentei de todas as formas impressionar as gravadoras com minhas composições, mas nunca tive sucesso. Até consegui gravar algumas músicas e outros intérpretes também gravaram minhas composições, mas foi tudo muito precário. Conheci Alex e tornamo-nos mais que amigos, como você sabe. Um dia tivemos a ideia de fazer um show *cover* em um clube noturno e foi um sucesso. Parei de compor minhas próprias músicas e passei a ter outra identidade artística – a identidade de outros, a tua, Phil. Já faz quase 5 anos que a banda vive das tuas músicas e nunca mais fui eu mesmo.

— Tudo isso não parece ser novidade, Martin. O que está te fazendo tão mal agora?

— Você chegou e tudo ficou mais pesado. Parece que tua presença me faz pensar na minha mediocridade. Eu nem mais tua sombra consigo ser. Minha energia se foi, sumiu, degradou-se – restou um Martin muito parecido com o Phil de alguns meses atrás. Acho que estou sendo agora o *cover* da tua desgraça.

— Não brinque com isso, Martin. É muito sério – você vai acabar se destruindo.

— Estou pensando exatamente nisso. Aliás, você me prometeu um dia contar o que aconteceu com você.

— Eu estava em uma espiral descendente, bebendo demais, abusando de drogas e sempre fui muito briguento. Um dia, eu estava muito chapado e meu parceiro, Peter, falou alguma coisa que não gostei – eu nem lembro mais o que foi. Acordei no dia seguinte cheio de hematomas. Peter ficou meses no hospital com várias fraturas nos braços e no maxilar. Ele nunca mais falou comigo e a banda Superstar nunca mais tocou. Nenhum dos meus antigos parceiros fala comigo – acho que não me perdoaram. Nunca falei disso com ninguém e depois afundei mais ainda. Meu casamento acabou e não vejo minha filha Jenny há anos. Agora que estou melhor telefonei e a convidei para nos encontrar quando faremos nossos shows em Londres – espero que você não se importe.

— Claro que não, Phil. E a banda? Já descobriu sua identidade?

— Acho que sim, mas vou contar a verdade para todos depois do desjejum. Não dá mais para esconder, Martin.

— E agora, o que você pretende fazer?

— Não sei – eu gostaria de retribuir sua ajuda, mas não sei como.

De repente os olhos de Martin mudaram e sua voz tornou-se mais firme.

— Onde será que tem um piano neste hotel? Vamos procurar um agora mesmo.

— O que você quer com um piano? – Phil perguntou sem entender nada.

Martin não olhou para trás e foi correndo para um salão do hotel, onde se lembrava de ter visto um velho piano desafinado, mas que serviria. Phil o seguiu e chegou esbaforido ao salão onde Martin já dedilhava algumas notas.

— Veja se você gosta...

"vertigem
queda livre
vácuo de ideias e sentimentos
buraco negro ou paranoia?
culpas que devem morrer?

Não...

lá estão elas
observando
sarcásticas
talvez a maldição não seja afinal tão ruim assim...

cansei de ser certinho
cortei o cabelo bem raso
agora só quero ser dark
pisar o esgoto da rua
pichar a parede da igreja
anoitecer as luzes do mundo
e, finalmente, dormir..."

— Rabisquei essas palavras ontem à noite e tenho algumas ideias para colocar em música. Quer tentar?

Ainda de pijama, despenteado, Martin tocou uma sequência de notas no piano. Phil sentou-se ao lado e experimentou a sequência acrescentando mais algumas notas para mais uma estrofe e propôs uma ideia para o que viria a ser o refrão da música. Uma nova parceria parecia estar nascendo daquelas notas. Naquele momento de suas vidas surgia música, harmonia e ritmos.

Martin imaginara a música com uma série de degraus descendentes até um inferno dissonante que se decomporia, impedindo qualquer esperança de redenção. Embora a música privilegiasse as harmonias, compassos dissonantes apareciam corajosamente sem perder o foco no pacto com o gosto do público. Os dois homens passaram o resto da manhã trabalhando com aquele poema mórbido, mas belo e cheio de sentimentos. A música ficou magnífica e, quando se reuniram à equipe, pediram a todos para irem até aquele salão para conhecer a nova música da banda: *Dark*. Mais alguns dias e o arranjo ficou pronto para ser tocado em público. Na primeira vez em que foi apresentada, os dois cantaram em dueto, com um grande solo de bateria de Phil como uma homenagem a Martin e aos velhos tempos da banda Superstar.

Jenny, filha de Phil, juntou-se ao grupo naquele final de semana para uma temporada de shows que começaria em Dublin. Ela havia herdado os traços da beleza nórdica de sua mãe – tinha longos cabelos loiros cacheados e estava na exuberância de seus 20 anos. Os rumores sobre a volta de Phil aos palcos já se espalhavam pela Inglaterra. Martin e Phil concordaram em encontrar-se com o antigo produtor da banda Superstar para contratarem o show de lançamento de sua nova banda. Precisavam de um nome. Logo se fixaram, com apoio de todos, em "Brothers 4ever". Jenny, entusiasmada com a recuperação de seu pai, tornou-se empresária da nova banda, junto com Alex.

Martin parecia estar se curando e, mais uma vez, em uma dessas madrugadas frias, chamou Phil para trabalharem em mais uma música:

> *"Vi no céu cinzento um raio de luz*
> *Tentei tocar a janela que no céu se formara*
> *Tentei alcançá-la com meu pensamento*
> *Será uma alegria?*
> *Será uma tristeza?*
> *raio de sol incólume*
> *atravessou as nuvens cinzentas*
> *Durante alguns momentos fui aquecido por aquela luz"*

Os dois músicos mais uma vez se juntaram para criar mais uma bela canção baseada no poema de Martin, dessa vez menos sombrio.

A banda apresentou-se em Londres alguns dias depois como Brothers 4ever e a notícia sobre a volta de Phil aos palcos junto com sua nova banda e parceiro espalhou-se rapidamente. Era fantástico vê-los cantando juntos nos shows. Fisicamente parecidos, suas vozes combinavam e se completavam. Os convites para shows foram crescendo e logo tinham sessões para gravar um novo CD que se tornaria um grande sucesso. Os dois homens, curados, seguiram em frente, mais amigos que nunca, e Alex teve, dali em diante, que se desdobrar para visitar as duas camas.

O MUSEU

Tudo começou naquele dia chuvoso, cinza e triste. O juiz aposentado Alberto Queiroz estava chegando ao consultório de seu dentista quando percebeu um pombo ao lado do cadáver de outro pombo. Era óbvio: o companheiro havia morrido. Ficou dentro do carro, esquecido do dentista, observando-os durante horas, sem perceber o tempo passando. Já era tarde da noite quando o segundo pombo caiu e morreu logo após. O juiz, com lágrimas nos olhos, pegou os dois cadáveres e os embrulhou em folhas de jornal, sem saber o que fazer.

No dia seguinte, pela manhã, em seu confortável apartamento, ficou olhando pensativo para os pombos no terraço. Sua esposa Gabriela já o questionara, mas ela conhecia as esquisitices do marido. Alberto esperou que ela saísse para pegar os dois pombos e colocá-los em uma grande panela cheia de água que colocou para esquentar. Lembrava-se de sua infância na fazenda quando se matava uma galinha para o almoço. Tinha que depená-los e assim o fez, pacientemente. Depois deixou cozinhando para amaciar a carne. Limpou cuidadosamente para ficar somente com os ossos. Separou os dois crânios, limpou-os com uma escova e passou um verniz.

Naquele dia iniciou mais uma de suas coleções. Não era a primeira. Quando garoto, teve todo tipo de coleção: selos, gibis, borboletas. Adulto, tornou-se mais seletivo: tinha uma coleção, reconhecida nacionalmente, de garrafas de aguardente e outra de garrafas de uísque. Agora iria começar sua nova coleção de ossos. "Gabriela vai pensar que fiquei louco", pensou. "Um dos quartos deverá servir. Vai ser o meu museu, a minha exposição de dinossauros", já imaginava com um sorriso.

O juiz iniciou sua nova empreitada de forma um tanto quanto desorganizada. Visitava regularmente o zoológico da cidade em busca dos animais que morriam e pedia, com vagas explicações, para dispor dos cadáveres. Nem sempre tinha sucesso, pois havia demandas concorrentes de escolas de veterinária de todo o país. Mesmo assim, persuasivo, conseguia pelo menos algumas peças das quais tirar algum osso. Catalogava-os sistematicamente. Pouco a pouco, em sua obsessão, tornou-se um zoólogo amador. O quarto do apartamento ficou rapidamente pequeno. Como Gabriela protestou, resolveu comprar um sítio para instalar sua coleção, seu futuro museu – e sonhava com a inauguração do Museu de Zoologia Alberto Queiroz.

Ossos de baleias foram mais complicados, obrigando-o a fazer várias viagens ao Alasca e à Antártida para buscá-los. Depois, quando começou a organizar os vertebrados alados, a variedade enorme o obrigou a viajar por vários países do mundo. Assim seguia o projeto do museu.

— Alberto, por que você não abre logo o museu para começar a ganhar algum dinheiro e ajudar nas despesas de manutenção?

— Não está pronto ainda, minha querida. Tenha um pouco de paciência!

— Você já gastou uma verdadeira fortuna com essa coleção, o sítio, o caseiro e o biólogo que você contratou para ajudá-lo — são despesas mensais que não podemos sustentar. Você não acha que está exagerando? Com o museu aberto você poderia pleitear das autoridades algum tipo de ajuda para a manutenção. Seja razoável.

Naquele final de semana, os dois voltavam do sítio quando sofreram um terrível acidente na estrada. Após alguns momentos, quando voltou a si, Alberto percebeu horrorizado que Gabriela estava morta ao seu lado. Ele estava bastante machucado, mas enquanto esperava por socorro teve tempo de cortar, com ajuda de um canivete, um pedaço de osso da mão dela: pequeno e com pouca carne em volta. Guardou no bolso. Na semana seguinte, com o braço ainda na tipoia, enterrou-a. O osso foi para o sítio em uma seção especial que só ele conhecia. Dispensou o biólogo — não queria mais sua ajuda, não precisava. Sentia, entretanto, que faltava algo em sua coleção.

Pensou então que, principalmente no caso de humanos, era o crânio que precisava guardar. Como fazer, então? Não seria nada fácil. Havia mandado construir no subsolo da casa principal do sítio uma sala especialmente projetada para isolar ruídos e guardar seus troféus mais preciosos. Com a ajuda de alguns vagabundos, ladrões de cemitérios, conseguiu recuperar o crânio de sua Gabriela para colocá-lo em lugar de honra do museu. Seria o primeiro humano com as seguintes características, segundo Alberto, em sua ficha catalográfica:

Branca.

Cabelos castanhos.

Olhos pretos.

Idade: 63 anos.

Dois filhos.

Câncer de mama curado, artrose de joelho esquerdo, apêndice e vesícula retirados.

Estudos superiores (jornalista).

Tímida, consumista, leitora de livros fáceis, ruim com horários, católica, espírita diletante.

Essa foi a primeira ficha que ele preencheu, adaptada das fichas que preparava para os ossos de outros vertebrados. Mas não estava completa e ele não estava satisfeito. Queria detalhar mais as características para que a memória daquele ser humano fosse perpetuada em seu museu. "Seres humanos devem ser tratados com o maior respeito", pensava.

Havia iniciado uma nova etapa de seu museu. Os humanos têm uma incrível diversidade étnica e Alberto começou a colecionar crânios e catalogá-los sistematicamente, mas sempre faltavam as definições psicológicas, ideológicas e mesmo religiosas desses indivíduos.

Havia construído mais dois grandes galpões no sítio, que estavam lotados. Os grandes exemplares, de baleias, elefantes, rinocerontes ficavam ao relento. Os vizinhos estranhavam, mas era um juiz, um desembargador!

Brancos, negros, índios, asiáticos, homens, mulheres, magros, obesos, altos, baixos, anões: não acabava nunca a diversidade de tipos que o juiz queria em sua coleção. Ele ia atrás de cada IML para, muitas vezes, com ajuda de algum suborno, obter os crânios que julgava faltantes em seu museu. Às vezes violava covas de indigentes – ele sabia os crimes que estava cometendo, mas nada seria capaz de desviá-lo de seu objetivo.

Teve que fazer muitas viagens ao redor do mundo para obter as peças mais difíceis, às vezes de tribos longínquas. Tudo financiado por uma conta secreta que mantinha na Suíça, fruto de duas sentenças. Manteve esse segredo até de sua amada Gabriela. Pensou em fazer uma surpresa a todos quando morresse: havia deixado uma carta lacrada com o número da conta e procurações assinadas para que seus dois filhos tivessem acesso à fortuna escondida, mas rasgou a carta quando o projeto do museu tomou vulto. Em sua paranoia, imaginava que estaria deixando algo muito mais valioso como herança para sua família e para a humanidade.

Todavia, o juiz não estava satisfeito com a seção especial do seu museu, a mais importante. Os animais são diferentes dos seres humanos, como aprendera desde cedo, pois são desprovidos de alma e não foram feitos à imagem e semelhança de Deus. Então as fichas catalográficas que preparava com tanto carinho, descrevendo as características físicas dos indivíduos, pecavam pela ausência do que era o mais importante, a descrição da alma. Como resolver aquela falha? Ele se debatia febrilmente com aquela questão. Os crânios que tinha recolhido eram de pessoas mortas com as quais não podia mais conversar. Quem foram aquelas pessoas, o que sonharam, o que realizaram, que mal fizeram? Eram inteligentes? Apreciavam música? Tocavam algum instrumento? Quais foram suas habilidades? Em quem votavam?

Não conseguia dormir, atormentado por aquelas perguntas. Ainda não sabia como resolver o problema. O museu não podia ser aberto ao público, estava incompleto, roto, faltava-lhe a alma! No entanto, a oportunidade de uma solução surgiu em uma de suas inúmeras viagens pelos sertões.

O juiz era conhecido em várias regiões do país por pagar um bom dinheirinho a quem lhe mostrasse algum osso original. Dessa forma, já havia juntado mais fragmentos de dinossauros que muito museu oficial. Em uma de suas expedições, estava sendo acompanhado por um mateiro que queria lhe mostrar uma ravina em que havia uma porção de fósseis, mas o homem sentiu-se mal e procuraram abrigo em uma casa de pau a pique abandonada. Não havia muito que o juiz pudesse fazer por Genivaldo. Ele estava com febre e jazia em um canto do quartinho, mal acomodado sobre o chão de terra batida. O juiz conseguiu um pouco de água no poço e preparou um chá com algumas ervas que havia na cozinha. Para ligar o fogo, foi uma luta para aquele homem acostumado com fornos de micro-ondas. Ficaram dois dias esperando por socorro e não tinham nada a fazer senão conversar.

Genivaldo contou-lhe que tentou fazer fortuna na Serra Pelada. Precisou matar cada vez que encontrava alguns gramas de ouro. Gastou tudo com putas e com pinga. Acabou por pegar a malária, como todos que passaram por lá. Em seu delírio provocado pela febre, Genivaldo fazia sua confissão, seus votos finais, e contava sua vida ao juiz boquiaberto, que anotava tudo. Contou que tinha três esposas e que com cada uma teve um total de dez filhos, dos quais seis mulheres. Com quatro de suas filhas teve também filhos, pois foi senhor delas também. Uma delas não gostou de suas investidas, então ele teve que matá-la e à sua mãe também, que veio acudi-la. Cada família vivia em um casebre diferente, que ele visitava em suas andanças pelos sertões. Levava sempre um pouco de dinheiro para todos e, às vezes, quando a sorte lhe sorria, uns cortes de tecidos que trazia de Capibaribe. Quando a trouxa não estava muito pesada, conseguia trazer uma bonequinha de pano ou um carrinho de brinquedo para os meninos. Enquanto ficava com cada uma de suas famílias, ajudava nos afazeres. Acreditava ser amado pelas mulheres e pelos filhos, pois sempre faziam festa quando chegava. Só não gostavam quando ele trazia aguardente. Aí sempre sobrava o corpo pesado e fedido do velho para uma das pequenas.

Na manhã seguinte, ao acordar, o juiz Alberto tinha perto de si um cadáver. Um belo e lindo cadáver para o seu museu, agora com uma ficha catalográfica digna de seu nome. O juiz tinha todas as informações de que precisava, mas teria um enorme trabalho pela frente e pouco tempo para seu plano. Ele teria que enterrar o corpo e esperar a decomposição natural para só então retirar o crânio. Não foi fácil cavar uma cova, arrastar o corpo de Genivaldo e depositá-lo. Teve também que disfarçar a cova para que ninguém soubesse do seu tesouro. Pelas suas contas, dentro de 2 anos poderia vir recuperá-lo.

O mais importante daquela viagem foi a descoberta de que só poderia satisfazer seu objetivo conhecendo seus crânios ainda vivos para completar as fichas. Ele havia sido, no começo de sua carreira, juiz criminal. Conhecia os meandros das investigações policiais e como apagar todos os traços de seus atos criminosos. Ele sabia que iria cometer crimes, justificados pela importante contribuição à humanidade. Tinha contra si a idade, mas a seu favor uma enorme vontade de atingir seu objetivo e ver finalmente as multidões embevecidas pela grandeza do museu. Sentia que seguir em frente enquanto pudesse era um dever.

Com seus cabelos brancos, jeito erudito de falar e assuntos típicos de juiz aposentado, conseguia conquistar a confiança das pessoas. Era um *serial killer* perfeito – não havia padrão na escolha de suas vítimas, pelo contrário. A polícia jamais conseguiu encaixar o assassino em algum perfil, algum padrão de comportamento, e assim ele pôde prosseguir tranquilamente.

As vítimas faziam parte do imenso panteão de desaparecidos sem deixar pistas. Seu plano era extremamente detalhista: convidava pessoas que se encaixavam em perfis previamente anotados para conhecer sua obra. Após uma visita ao futuro museu, levava-os ao subsolo, sempre à noite, onde oferecia uma bebida, já preparada com um sonífero, e os encarcerava. Mantinha-os vivos por 30 dias em média, durante os quais anotava a ficha catalográfica completa e aproveitava também para emagrecê-los e facilitar o seu trabalho com o cadáver.

Consumava o ato sem dor, com uma sedação prévia e injeção de potássio para parar o coração da vítima. Depois enterrava o corpo para o trabalho natural de decomposição durante 2 anos, como sabia ser necessário. Fez isso seis vezes ao ano, durante os dez anos que a saúde lhe permitiu. Tinha então 60 crânios com ficha completa, entre os mais de 200 que obtivera desde que começou a seção humana do museu. A incapacidade de sequer chegar perto do final de sua obra o deixava sumamente triste, porém.

Apesar de todo seu esforço e de ter gasto uma fortuna, sentia sua obra como um imenso fiasco. O planeta Terra tem perto de 7 bilhões de humanos incrivelmente diversos. O juiz se rendeu ao inevitável fracasso de sua obra. Ficou deprimido e desistiu. Dizem que morreu de desgosto e muitos achavam que era por falta de sua Gabriela. Deixou seu testamento e criou uma fundação com seu nome para sustentar a manutenção do museu. Na carta, pedia desculpas pelo seu fracasso. Seu museu não seria jamais o grande museu que imaginara, mas um museu comum de zoologia com quase 300 crânios humanos detalhadamente catalogados para a posteridade.

BRANQUINHA

Fiquei olhando para aquele homem, imaginando como ele estaria com as mãos, roupa, rosto e alma sujos de sangue. Pobre homem, temente a Deus, religioso. Sempre com a Bíblia ao alcance.

Católico quando criança, tornou-se membro ativo de uma das inúmeras igrejas evangélicas dos subúrbios da metrópole. Durante algum tempo até foi o tesoureiro. Então, a realidade por detrás do púlpito passou a deixá-lo cada vez mais nervoso. Os padres brincando com os coroinhas ou os pastores com as carteiras dos miseráveis o deixavam desgostoso. Um dia resolveu que não iria mais participar daqueles joguinhos.

Considerava a honra e a honestidade como seus valores mais importantes. Qualquer desvio de conduta o deixava fora de si e não admitia questionamentos, exigindo obediência cega da esposa, do filho e das duas filhas.

Contudo, quando seus filhos foram chegando à idade adulta, suas derrotas começaram a acumular-se. Primeiro foi o garoto que, depois de muitas brigas, resolveu sair de casa. Depois a primeira filha, que anunciou namoro com um homem que não se encaixava no perfil que seu pai queria. A resposta foi a esperada: "NÃO, você não vai namorar aquele bandido. Você não sabe que ele já engravidou duas coitadas, que já foi expulso até de sua própria casa depois que foi jurado de morte pelo traficante do bairro? Não, você não vai namorar aquele vagabundo. Se não fizer o que eu mando, você não fica mais nesta casa". E tome um tabefe. Dito e feito, a menina foi morar com o rapaz, que logo descobriu seu destino: a cova.

Daquela vez a filha teve sorte, pois o acerto de contas se deu no boteco da esquina. Mesmo assim, mudaram de bairro, pois o traficante havia deixado um recado escrito em sangue nas paredes do boteco e no corpo crivado de balas: "Alguém vai ter que pagar a dívida", seguido de outro recado: "Quem? Nóis sabe...". Não, não havia dúvida. Eles tiveram que fugir às pressas e não faltaram mais tabefes.

No novo bairro para o qual mudaram (que, na verdade, não era novo, mas sujo, pobre e violento, como todos os outros em que viveram), nosso herói encontrou, finalmente, alguns amigos de tormentos em um boteco onde a branquinha os ajudava a abrir a boca em impropérios contra os políticos, contra a polícia, contra os padres e pastores, contra Lula, Dilma, Alckmin, todos ladrões, todos enganadores.

Às vezes bebia um pouquinho a mais. Com o tempo, passou a beber um pouquinho a mais com frequência. Às vezes bebia muito além da conta e os impropérios e tapas avançavam a noite. Até que um dia, antes de ir ao trabalho, foi encontrar o amigo de branquinhas no boteco. Perdeu o emprego naquele mesmo dia, com o odor de álcool exalando pelos poros.

A filha mais nova andara se engraçando com um rapaz da vizinhança. Todos sabiam do que ele vivia. Querendo impressionar a todos, o rapaz comprou uma reluzente picape vermelha, com enormes faróis e uma buzina que imitava o toque de boiada, o que o fez ficar endividado com seu fornecedor de drogas.

O aviso chegou aos muros dos terrenos baldios, pintado em vermelho. Nosso herói já sabia do perigo. Com a ajuda de seus amigos de branquinhas, comprou o "trezoitão" com o qual iria se defender. Em sua casa ninguém mais o ouvia. Suas duas filhas estavam grávidas. O filho sumira de casa há muito tempo. Naquela noite tapas voaram para todos os lados e ele ouviu que não passava de um bêbado inútil. Mais tarde ele teve que beber muitas branquinhas com seus amigos no boteco para sentir-se homem novamente, cheio de coragem, cheio de opiniões e prometendo a si mesmo acabar com a raça daquele vagabundo que estava levando sua filha para a perdição.

— Não sei não, doutor... Nem sei como cheguei em casa. Não me lembro...

— Mas você se lembra de ter gritado, dos tiros? – perguntou o delegado.

— Eu só queria matar aquele desgraçado. Ele acabou com minha família.

— Não foi ele quem acabou com sua família.

Ficou conhecido como o Monstro de Tucuruvi.

FAVELA

Sultan king cruel majesty
Ordered that his women die
A single night this for all his wives
Takes his pleasure then their lives

She bewitched him
With songs of jewelled keys
Princes and of heroes
And eastern fantasies

Told him tales of sultans
And talismans and rings
A thousand and one nights she sang
To entertain her king

Dunford & Thatcher

JULGAMENTO

Véio era seu nome de guerra. Com olhos negros, grandes sobrancelhas e lábios finos, transpirava inteligência e violência psicótica. Fazia parte da cúpula do PCC e sua base era a favela do Morro do Samba.

Naquela tarde, haveria um julgamento e o Véio adorava esses momentos de puro poder. Pontualmente às 3 horas, como havia sido previamente combinado, o julgamento começou. Os acusados, dois rapazes, e a vítima, uma moça que dizia ter sido estuprada, estavam frente a frente no barraco, vigiados por dois soldados da organização com seus "trezoitão" presos na cintura. O Véio e mais dois outros membros graduados do comando seriam os juízes e participariam do julgamento em teleconferência.

— E aí, neguinho, que cê tem pra dizer? – perguntou um dos juízes.

— Nóis tava no buteco do Jurandir tomando uns birinaites e a moça também tava lá com seus amigos. Quando eles foram embora, a moça se engraçou com nóis e aí, depois de uns papos, levamo ela prum beco escuro.

— E cê aí, neguinho, confirma o que o teu mano tá dizendo? – perguntou outro juiz.

— Sim, ela ficou jogando zoio em cima de nóis. Só podia tá afins de unzão, aí nóis completô o serviço.

— Que que cês fizeram então?

— Nóis levamo um papo e falamo de puxar um baseado lá no beco e ela topou. Aí nóis foi prá lá. Ela começou com frescura depois do *base* e aí nóis não gostamo. Fudemo ela lá memo.

— Cês bateram nela?

— Só um poquinho pra ela não gritar, mas não machucamo ela não, mano.

— Acho até que ela gostou — acrescentou o outro.

— E aí, moça, que que cê tem a dizer?

— Eu tava naquele botequim com meus amigos que foram embora. Fiquei para matar um tempo e os rapazes me chamaram para tomar uma cervejinha. Aceitei e aí papo vai e papo vem, eles falaram de queimar um baseado lá perto e eu topei. Lá no beco, eles foram logo me jogando no chão para arrancar minhas roupas e bateram muito. Não podia gritar e fui parar no hospital depois.

— Então agora cês vão esperar um pouco que nóis vamo decidir a parada.

Os juízes interromperam a teleconferência por alguns momentos para decidir o que fazer com aqueles rapazes. Eles eram da Favela Morro do Samba e a garota também. Não demoraram muito para dar a sentença:

— Então é o seguinte, rapaziada, falou o telefone com a voz do Véio. Cês pega esses nego e leva pro alto do morro, lá no descampado. Lá cês vão enfiar um cabo de vassoura no cu de cada um deles e dar um tiro no saco. Vão deixar eles sangrando até morrer...

E assim acabou aquele julgamento em menos de meia hora. Se aqueles rapazes tivessem estuprado em qualquer outro lugar não teria havido julgamento, mas no território do Véio, com alguém da comunidade, não podia. Todos sabiam disso. Era a lei.

PETRONILHA

Ele a conheceu por indicação de Betão na penitenciária de Sumaré. Petrô, como era conhecida, tornou-se a primeira-dama no Morro do Samba, com todas as honras. Era portadora das ordens do chefe e recebia as reverências do cargo. Vivia no *bunker* do Véio, no alto do morro. Por fora, para despistar os helicópteros da polícia, o *bunker* estava cercado de outros barracos e mesmo sobre o teto havia moradias. Dentro dele, o Véio vivia com o luxo dos bandidos de alto escalão: ar-condicionado, televisores espalhados pela casa e todos os apetrechos que o dinheiro fácil podia comprar. Enquanto o Véio estivesse na cadeia, era Petrô quem usufruía daqueles confortos. Fazia semanalmente a visita íntima. Levava os recados e as ordens do Véio para a favela. Ele comandava o tráfico na região Sul de São Paulo e todos os bandidos lhe pagavam uma participação nos lucros. Havia um vasto exército à disposição do Véio, que movimentava grandes somas de dinheiro com ajuda de uma multidão de laranjas.

Petrô era negra, bonita, de 27 anos, e com várias passagens em unidades da Febem por pequenos furtos e tráfico de drogas. Agora ela não precisava mais disso, pois ganhava mais que muito executivo da Avenida Paulista. Até que um dia chegou às mãos do Véio um bilhete com um aviso: "e aí, mané, fica ligado na tua mina que tem mais gente em cima da neguinha". Ele já estava em seus últimos dias na cadeia. Havia mandado os olheiros ficarem de butuca em cima de Petrô. Um dia o avisaram para ir a um barraco da favela. O Véio foi com mais dois da rapaziada dele para encontrarem Petrô enrolada com um neguinho que ninguém conhecia. Levaram tanto tiro que a polícia teve dificuldade para reconhecer o cadáver de Petrô. O corpo do neguinho foi para o micro-ondas e sumiu. Naquela noite, ao contrário de seus hábitos, o Véio encheu a cara de vodca e bateu na rapaziada quando tentaram levá-lo ao *bunker,* o que só conseguiram fazer quando finalmente caiu desacordado. Ele nunca mais foi o mesmo e a favela ficou com saudades de Petrô.

NOVAS ORDENS

Ele nunca mais dormiu com a mesma mulher duas noites. Agora era assim: quando tinha vontade, mandava buscar alguma puta que ficava com ele enquanto lhe agradasse, para em seguida desovar mais um cadáver furado de balas em algum terreno baldio das redondezas. Ele mesmo descarregava seu 45 na coitada. Todas viviam apavoradas, mas não havia nada a fazer. Quando menos se esperava, chegava algum neguinho da tropa do morro para escolher a próxima xoxota. A notícia se espalhou por toda a cidade, mas a polícia estava às voltas com as rebeliões em presídios e ataques por todo o estado, coordenados pelo PCC. Não eram as putas que estavam preocupando a polícia naquele momento. Do *bunker* do Véio e de cada presídio partiam ordens frenéticas para ataques a ônibus, guaritas e até mesmo aos bombeiros. Foi um mês infernal para a polícia paulistana. Até que em uma escaramuça, o Véio foi preso novamente. Deixou-se levar sabendo que iria trocar de endereço por algum tempo e que mesmo na cadeia continuaria no comando. No entanto, teve que admitir que aquele mês não fora muito bom para os negócios e que um compromisso com as autoridades seria bem mais lucrativo. Aquele novo período na cadeia seria bom para trocar ideias com os outros chefes e para um redirecionamento das ações da organização.

COMPANHEIRA?

Depois de passar por um período de isolamento no presídio de segurança máxima de Catanduvas, o Véio voltou ao presídio de Sumaré e reassumiu a liderança do Morro do Samba. Não havia sido desafiado. Os bandidos de São Paulo sabiam que não viveriam muito se assim o fizessem. A rotina de negócios e julgamentos seguia seu ritmo, e as autoridades estavam satisfeitas com a calma reconquistada. O hábito de matar as putas tornara-se, porém, mais complicado na cadeia. Estavam a salvo, pelo menos por enquanto...

Ele precisava de alguém para as visitas íntimas e para ser seu pombo-correio, então pediu uma indicação à rapaziada. Poucos dias depois, conheceu Cida, prima do Jorjão, outro detento.

— Então tu é o Véio? Aqui tu não vai me matar.

— Fica quieta, neguinha, e tira a roupa que eu quero te ver.

— Tô limpa e fiz os exames médicos que pediram.

Os grandes olhos negros de Cida não despregavam dos olhos do Véio. Mediam-se, enquanto ela foi se despindo lentamente, sem nada dizer. Não se intimidou e isso era uma qualidade que o excitava. Quase ninguém encarava o Véio. A maioria desviava de seu olhar penetrante e adotava uma postura de subserviência. Cida tirou a camiseta desnudando os peitos firmes e em seguida tirou a calcinha. Era uma negra na flor da idade e tinha poucas cicatrizes pelo corpo. Coxas e braços fortes sobre uma pele lisa e o púbis enfeitado por uma abundante penugem preta formavam um conjunto que agradou o Véio. Ele a chamou para si:

— Venha sobre mim, minha neguinha, meu chocolate.

Então, algo que nenhum deles esperava aconteceu: sentiram-se transportados para um lugar que não era aquela cela. O medo da morte, da traição, a vertigem de violência e sangue os abandonou através do abundante suor de seus corpos. Amaram-se intensamente. Depois de um cochilo, acordaram e continuaram a se olhar como se fosse possível devassar seus segredos.

— Quando é que tu vai me matar? – ela sussurou.

O Véio virou-se e continuou cochilando. Cida não sabia se ele tinha ouvido, então se deixou levar por seus pensamentos. Lembrou-se de sua irmã Chalita, que trabalhava num puteiro até ser levada pelos negos do Véio. O corpo foi encontrado em uma vala com mais de trinta tiros. Será que o Véio sabe que ela era sua irmã? Por que ela não me ouviu e deixou aquela vida sem futuro? Tá certo que Chalita ajudava toda a família. Agora me pedem pra ser a mulher desse filho da puta?! Não era um pedido. O tio Jorjão deve ter assoprado meu nome. Será que ele sabia da história de Chalita? Talvez não, pois já está preso há 20 anos e nunca foi muito próximo.

Cida sabia muito bem que se não atendesse ao chamado do Véio, sua família pagaria pela desobediência. Alguém, sua mãe, seu pai ou talvez um dos irmãos menores, seria encontrado morto em alguma vala. Não havia alternativa, mas ela tinha seus próprios planos. Enquanto encontrasse o Véio na cadeia e fizesse o que lhe era pedido, não correria riscos e poderia ajudar a todos com seu novo status social. Então...

FÉRIAS

O prêmio pela lealdade da tropa eram férias na Bolívia, Paraguai, Colômbia ou Peru. O felizardo viajava em um avião da "Branca Airlines". Eles faziam os percursos levando dinheiro e voltando com pasta de coca e armamento. Quando algum convidado viajava nos pequenos aviões, a quantidade de material contrabandeado era menor. Saíam de aeroportos clandestinos em fazendas do PCC, geralmente no Mato Grosso. O premiado podia gastar dinheiro à vontade com mulheres, cassinos e bebida. Geralmente, voltavam completamente bêbados.

Alguns meses após aquele primeiro encontro, o Véio foi liberado da prisão. Nesse meio tempo, Cida tornara-se uma valiosa auxiliar e gozava de sua confiança. Ele decidiu então tirar umas férias em um resort na Colômbia, onde iria tratar da compra de várias toneladas de coca – um grande acordo. Chamou Cida e partiram em uma madrugada de terça-feira de uma fazenda no Mato Grosso. Precisavam ser cuidadosos para não chamar a atenção dos meganhas. Após algumas escalas para reabastecimento do pequeno avião, chegaram ao Pacífico e se instalaram em um hotel à beira mar. Naquela noite, beberam e comeram à vontade e depois foram para o quarto. O Véio, como de costume, disse:

— Tira a roupa, meu chocolate.

Era a primeira vez que ficavam juntos fora da cadeia. Suados e saciados, deitaram-se para descansar. O Véio sussurrou então:

— Prepare-se, minha neguinha, que tua vez tá chegando.

Era hora de Cida colocar seu plano em ação. Parte dele já estava em andamento. Havia acumulado uma boa reserva de dinheiro e despachara sua família discretamente para outro estado, onde comprara uma casinha em nome de sua mãe. Naquela mesma época, houve uma apresentação da orquestra que fora formada por jovens da comunidade pela ONG "Música para Todos". O tema de Sherazade a deixara muito impressionada pela música e pela história da princesa que se salvou com suas narrativas fantásticas. Ela lhe inspirou um estratagema para escapar do destino cruel que o Véio reservava para suas mulheres. Agora era tudo ou nada.

— Se tenho mesmo que morrer, então antes você vai ter que escutar uma história que tenho para contar.

— Qual história?

— Você vai ouvir.

Cida pegou um livro ao lado da cama e começou a ler:

História do marido e do papagaio

Havia, em uma terra distante, um homem ciumento casado com uma bela mulher. Quando surgiram negócios que o obrigariam a ficar afastado, procurou um vendedor de aves e comprou um papagaio que não somente falava como também tinha o dom de contar tudo quanto se fazia em sua presença. Levando-o para casa, colocou a gaiola em seu quarto e depois partiu.

Ao voltar, o homem interrogou o papagaio sobre o que havia se passado durante sua viagem e ele contou coisas que provocaram raiva nele, que censurou a mulher duramente. Ela pensou ter sido traída por alguma das empregadas, mas todas juraram nada ter falado e acusaram o papagaio como autor da denúncia.

A mulher tratou então de formular um plano para destruir as suspeitas do marido e, ao mesmo tempo, vingar-se do maldito papagaio. Quando o marido saiu para outra viagem, fez com que uma das empregadas fizesse barulho com um tambor e fixaram espelhos na frente da gaiola de forma que refletissem a luz de uma vela, alternadamente.

Quando o marido voltou, fez as costumeiras perguntas ao papagaio sobre o que havia se passado e a ave respondeu-lhe que houvera relâmpagos e trovões durante toda a noite, tão intensos que nada conseguira ver ou perceber. O marido sabia que não havia chovido e que não houvera trovões e relâmpagos. Pensou que o papagaio estava mentindo e, zangado, tirou-o da gaiola e lançou-o por terra com tal violência que o matou. Com o tempo, soube pelos vizinhos que o pobrezinho não lhe havia mentido. Ficou arrependido de tê-lo matado...

Nesse ponto, Cida interrompeu sua narrativa:

— Se quiser saber mais vai ter que esperar outra noite para eu continuar.

— Tá bom, minha neguinha. Gostei da tua história, então cê vai me contar outras, tão engraçadas como esta, toda noite.

E assim seria por muitas outras noites. Ele nunca tivera esse prazer infantil de ouvir histórias fantasiosas contadas com imaginação. Agora tinha uma contadora particular das histórias das 1001 noites. Mas esses não eram os planos de Cida, que manteve o trato com o Véio apenas pelo tempo que precisou para finalizar seu plano.

A EMBOSCADA

Passado algum tempo, tornara-se um ritual o momento em que o Véio pedia para Cida contar-lhe a continuação da história da noite anterior. Gênios bons e maus, sultões, príncipes, todos eram descritos minuciosamente pelo talento de Cida em entreter o Véio. Aquela noite, entretanto, seria diferente: era o sagrado Dia das Mães e a rapaziada do *bunker* saíra para visitar suas respectivas famílias.

Naquela noite, Cida disse que queria lhe mostrar a música de Rimsky-Korsakov, Sherazade. Além da música, iria contar-lhe a melhor história do livro, mas para ilustrar a situação em que o gênio havia colocado Ali Babá, teria que fazer amor amarrando suas mãos e pés à cama. Ele concordou embevecido. Cida despiu-se lentamente. O Véio não despregava os olhos sedentos de seu corpo de ébano enquanto ela amarrava as mãos e os pés desavisados, entregues à sua sina. A música que ele nunca ouvira iniciava seus acordes graves. Cida, já nua, esfregava-se sobre seu corpo ao som de violinos em melodia divina. Ao som do tema de Sherazade, Cida pegou uma faca e a mostrou ao Véio, que agora percebia a armadilha em que havia se metido. Ela brincava com a faca ao som da música, nua, magnífica e já havia arranhado o corpo impotente embaixo dela, em sua dança infernal.

— Por que que cê agora resolveu me matar, sua puta?

— Não sou sua puta, mas minha irmã Chalita você usou e furou com mais de 30 tiros.

— Aquela nega era sua irmã? Agora entendi. O Jorjão vai me pagar.

— Ninguém mais vai pagar nada. O Jorjão também não sabia de minha irmã. Além do mais, você ia me matar de qualquer jeito, então eu tenho mais é que me defender.

— Eu já tinha decidido não te matar. Agora tua família vai pruma vala, se eu morrer ou não.

— Você não entendeu nada. Tu tá morto e o teu bando vai todinho para a cadeia, pois eu abri a boca pros meganha e sumi com minha família. Não vai ter vingança tua do além.

A ponta da faca entrou mais e o Véio começou a berrar junto com os acordes da música. Todavia, gênios bons ou maus não poderiam ajudá-lo. A cama já estava pintada de vermelho e a dança infernal de Cida ainda não havia chegado ao seu término. Ela aguardava o final e dançava ao ritmo da música, mostrando seu corpo magnífico pela última vez ao Véio, que percebia não ter mais nada a fazer a não ser esperar o golpe de misericórdia.

Ele sabia que sua vida não poderia ter um final diferente. Escapara da morte muitas vezes. Já havia esgotado seu estoque de vidas e matado mais do que precisava para satisfazer seu desejo de vingança. Chegara mais longe do que poderia ter imaginado.

Fora um dos homens mais poderosos de São Paulo. Todos o temiam, a cidade, a polícia, os políticos. Teve a vida e a morte das pessoas em suas mãos. Se agora era chegada sua hora pelas mãos da mulher que amava, pois bem, que assim fosse.

A música... Ele nunca tinha ouvido nada mais magnífico e os acordes lhe tiravam lágrimas que ele mal conseguia entender. Sua vida lhe parecia bela e a faca, dançando à sua frente, pingando sangue e penetrando-o não parecia lhe fazer mal. Ele só tinha olhos para Cida, negra magnífica, nua só para ele. Ela percebia os pensamentos do Véio. Seus olhos percorriam seu corpo em êxtase — tinham o efeito de excitá-la ainda mais. Dançava freneticamente e já perto do final da música a faca penetrou o corpo do Véio na altura do peito para dar um final àquela história.

DEPUTADO EDSON

Ângela estava acordando. Nilmar sentia a mudança de ritmo de sua respiração e gostava de aconchegar-se às suas nádegas, encaixando-se e abraçando-a. O toque desagradável do despertador o tirou de seus devaneios. Desligou-o bruscamente, como se já estivesse treinando para um dia que se anunciava pleno de aborrecimentos.

Sentou-se à beira da cama, ainda envolto em escuridão. Dava para ver a pasta ao lado da cama, o livro que não foi lido à noite, o controle remoto da televisão. Esticou-se, esfregou os olhos e foi para o banheiro – gestos repetidos enfadonhamente, dia após dia, milimetricamente executados.

A caminho do Congresso Nacional, como se fosse mais um dia rotineiro, foi revisando mentalmente a lista de assuntos a resolver pela manhã: marcar a viagem a Presidente Prudente – o prefeito Wellington queria combinar mais alguns detalhes do projeto de lei com o Edson. Tem o velório do vereador Gleidson em Limeira – vamos aproveitar para visitar alguns usineiros na região. Eram as tarefas que deveria executar logo no começo do dia, se fosse um dia como outro qualquer. Precisava manter sua aparência de autocontrole, de normalidade, a qualquer custo. Daria as ordens como sempre fazia, no mesmo tom de voz, sem demonstrar qualquer ansiedade. Tinha que parecer perfeitamente normal para não despertar qualquer suspeita.

Que estranho! A porta do Edson está trancada por dentro. Ele não tem esse hábito. Será que dormiu por aqui? Será que brigou com Tereza? – pensava Beth, secretária do deputado. Será que arrumou um casinho aqui na Câmara? Ele está sempre conversando com aquela deputada bonitinha de Alagoas e tem também aquela assessora do deputado Joseilton de Rondônia. Ele não vai demorar a abrir a porta e desfazer o mistério.

Nilmar olhou para Beth, que resolveu bater na porta do deputado. Já são 9:30 e nenhum sinal dele – não é possível – tem alguma coisa errada. O que eu faço? – disse Beth e prosseguiu:

— Alguém viu o Edson entrar ou sair da sala dele?

Nilmar ligou para Tereza.

— Oi, Tereza, fala Nilmar. Tudo bem? O Edson falou algo com você a respeito de passar a noite aqui na Câmara? Não!? Você também está preocupada? Pois é. Cheguei no gabinete e encontrei a porta do Edson trancada e ninguém responde de dentro. O que você acha? Tá bom, vou chamar a segurança e ligo pra você depois, tá? Tchau!

Alguns minutos depois, Jovenildo, chefe da segurança da Câmara, ex-tenente da polícia militar de Brasília, arrombou a porta do gabinete do deputado. Lá estava ele, com a cabeça caída sobre a mesa, em meio a uma poça de sangue, morto. Nilmar tinha que fazer alguma coisa, mas estava congelado, sem ação.

Jovenildo mandou chamar o médico de plantão da Câmara para constatar o que todos já sabiam. Pediu também que saíssem sem mexer em nada e começou a tomar suas providências, sem emoção, mostrando que cenas daquele tipo não eram de forma nenhuma estranhas para ele. Este seria um longo dia para Nilmar. Jovenildo o puxou de lado e disse:

— Avisa o pessoal do gabinete para não abrir a boca para ninguém, muito menos para a imprensa. Me faz a lista das pessoas que trabalham para o deputado com os telefones de contato. Eu vou avisar a presidência da Câmara e a polícia. Quem vai avisar a família?

— Vou ligar agora para Tereza e seus filhos. O que mais devo fazer?

— Sinceramente, não vou te invejar nos próximos dias. Não é todo dia que um deputado comete suicídio aqui – acho até que é um caso sem precedentes. Cá entre nós, e que fique somente entre nós mesmo, tem algo esquisito nesse "suicídio".

— Como assim, Jovenildo? O que você quer dizer com isso? – perguntou surpreso.

— É mais palpite do que qualquer outra coisa.

Nilmar sabia que Jovenildo tinha grande experiência em casos policiais.

— Desembucha logo, Jovenildo – disse Nilmar, sem disfarçar seu nervosismo.

— Você não fala para mais ninguém, pois isso pode me comprometer até a alma, você entende? Nós somos amigos há mais de 10 anos e confio em você, por isso vou dizer: podem ter armado a cena para parecer que foi suicídio.

— Jovenildo, você pode imaginar como estou me sentindo? Edson é meu amigo desde criança. Jogamos futebol nos campinhos lá de Matão. Entramos na política praticamente juntos.

Jovenildo observava Nilmar sem reconhecer aquela pessoa irritada. Pensou, entretanto, que podia ser uma reação normal pela morte de seu amigo e chefe.

— Trabalhamos juntos todos esses anos com muita cumplicidade. Suicídio?! Nunca me passou pela cabeça que ele pudesse fazer tal coisa. Você vem me dizer agora que alguém pode ter armado?

— Olha, Nilmar, você tem que manter a calma e esfriar a cabeça – Jovenildo mudou rapidamente de assunto.

— É você que vai cuidar do caso, Jovenildo?

— Não. Normalmente seria a polícia do Distrito Federal, mas acho que será a Polícia Federal.

Tereza chegou pouco depois das 10:30 e quis ver o corpo de seu marido. Ela demonstrava uma calma naquele momento que Nilmar estranhou. Ele havia se preparado para acudi-la, pois tinha certeza de que ficaria muito abalada. Tereza entrou no gabinete vagarosamente, sempre olhando para o cadáver, como que não acreditando no que estava vendo. Pé após pé foi circulando pelo gabinete, observando tudo, tentando captar a sensação dos últimos momentos que ainda perduravam nos cheiros daquele lugar. Sim, havia um cigarro no cinzeiro e ela olhou para Nilmar, que a acompanhava lentamente, deixando-a captar todas as sensações. Ela tinha razão, Edson não fumava. Depois Tereza se aproximou e tocou o rosto de Edson. Nilmar teve vontade de tirá-la de lá, mas ela percebeu seu movimento e não permitiu que ele se aproximasse.

Nesse momento, ele percebeu uma lágrima rolando e pensou que Tereza fosse desabar, mas não. Ficaram mais alguns minutos sem que ninguém os perturbasse. Não trocaram palavras — ela pediu para ir até o café, mas Nilmar achou melhor pedir para alguém buscar água, café e alguns biscoitos. Foram para uma sala reservada do gabinete onde poderiam ficar sem serem perturbados. A notícia se espalhava como rastilho de pólvora e uma multidão já se aglomerava do lado de fora do gabinete. O pessoal da televisão e das rádios já havia chegado.

Jovenildo entrou na sala em que estavam e foi apresentado a Tereza. Disse que a Polícia Federal chegaria a qualquer momento. Nilmar pensava se Tereza teria tomado algum calmante, pois estava serena demais. Então, ela o puxou de lado para lhe fazer algumas perguntas.

— Nilmar, você vai falar comigo sinceramente. Sei que você era muito amigo do Edson. Preciso saber o que estava se passando. Você, como eu, sabe que

127

o Edson não é do tipo de se matar – afirmou com convicção.

— Com certeza, Tereza. Também não estou entendendo nada. Estou em estado de choque, sem saber o que pensar ou falar.

— Você avisou o Ricardo e a Ana Paula?

— Sim, Tereza. Fiz mal em fazê-lo?

— Não, eles saberiam de qualquer maneira e já são bem grandinhos. Isso me dá algum tempo para pensar antes de falar com eles. Já me ligaram no celular, mas eu estava a caminho da Câmara e não tinha condições de conversar. A família toda, nessas alturas, deve estar se mobilizando para vir, sem falar nos amigos. Não sei como vou fazer para aguentar.

Foi quando Nilmar percebeu uma montanha de sentimentos confusos que estavam atormentando a pobre Tereza. A tempestade que se aproximava não seria das pequenas.

— Nilmar, preciso saber se havia alguma coisa acontecendo – perguntou em tom incisivo.

Tereza conhecia Nilmar há tanto tempo que não conseguiria disfarçar se houvesse algo que Edson estivesse dissimulando.

— Tereza, você sabe que inúmeras negociações políticas estavam em andamento e que o Edson colecionava desafetos, mas não, Tereza, não sei de nada que estivesse acontecendo que dissesse respeito ao seu casamento.

Ele sabia que não estava dizendo toda a verdade. Que homem não olha para um rabinho de saia ou tenta seduzir as muitas mulheres que circulam pelos ambientes de poder?

— Nilmar, a Ângela está em Brasília?

— Sim, mas ainda não tive coragem de ligar para ela. Ela é tão emotiva e não posso sair daqui agora.

— Pode deixar que eu ligo – continuou Tereza.

Ângela, esposa de Nilmar, adorava Edson e Tereza e considerava-se como amiga íntima de ambos. Sempre dizia que todos eles estavam no mesmo barco há muito, muito tempo.

— Talvez ela ainda não saiba de nada, pois estava dando suas aulas de piano no conservatório da Asa Norte durante toda a manhã. Com sorte, você terá tempo de falar com ela antes que ela fique sabendo pela imprensa – prosseguiu Nilmar.

Enquanto Tereza afastava-se para ligar para Ângela, Jovenildo aproximou-se de Nilmar.

— Rapaz, o deputado tinha mesmo bom gosto – comentou com seu jeitão de policial. Quantos anos ela tem?

— Edson tinha 46 anos e Tereza, 44. Eles têm dois filhos: Ana Paula com 18 anos e Ricardo com 20, ambos estudando – respondeu quase ríspido.

Naquele momento a equipe da Polícia Federal entrou no gabinete. Foi a pedido de Jovenildo, que havia farejado algo, que o presidente da Câmara solicitou a intervenção da Polícia Federal.

— Nilmar, quero te apresentar o delegado França, que vai conduzir o inquérito. Nilmar é o chefe de gabinete do finado deputado Edson Severiano da Silva. Podemos dizer que acima de tudo era um grande amigo do defunto e da família. Não deixamos ninguém entrar no gabinete do deputado a não ser eu mesmo, Nilmar e sua esposa, Tereza, que se encontra naquela sala ao lado do gabinete do deputado. Já tenho a lista de todos que trabalhavam com o deputado em Brasília e em Matão, sua terra natal. Agora o caso é seu, graças a Deus. Se precisarem de mim, sabem onde me encontrar.

Nilmar estava surpreso com a velocidade com que as coisas estavam andando. Eram 12 horas e Jovenildo havia conseguido convencer o presidente da Câmara a solicitar a presença da Polícia Federal para conduzir o caso, que já havia mandado um delegado. Bom, agora pelo menos as coisas começariam mesmo a andar, pensou. A presença do corpo do defunto na sala ao lado lhe dava calafrios.

A equipe da polícia incluía um médico legista que começou a trabalhar no gabinete do deputado enquanto o delegado França observava tudo sem falar. Passaram o resto do dia acompanhando o silencioso trabalho da equipe. Vasculharam cada centímetro do gabinete a procura de digitais, marcas de sapato ou qualquer outro indício que pudesse ajudar na investigação. Obviamente, o cigarro no cinzeiro não passou despercebido. França perguntou se o deputado fumava, ao que Nilmar lhe respondeu que não. Foi uma das poucas vezes em que França lhe dirigiu a palavra. O corpo do defunto foi minuciosamente examinado e fotografado pelo médico da equipe antes de ser removido. Explicaram que seria levado, primeiro para autópsia, e em seguida liberado para o enterro.

Quando os filhos do deputado Edson chegaram, o cadáver já havia sido removido e eles se juntaram a Tereza para chorar a perda do pai. O presidente da Câmara procurou Nilmar para perguntar se a família iria querer o velório em Brasília e também se aquele seria um bom momento para prestar sua solidariedade à viúva e à família. Nilmar lhe disse que seria melhor esperar o momento do velório e que daria uma resposta o mais breve possível sobre quais seriam os planos de Tereza para o enterro. O presidente da Câmara ofereceu toda a ajuda para o transporte do corpo para Matão e o enterro. Muitos outros procuraram Nilmar querendo obter todo tipo de informação. Sentia-se anestesiado, tentando pensar unicamente em pequenos procedimentos, pequenas decisões que o ajudassem a não perder o equilíbrio.

Ângela chegou e abraçou Nilmar. Pensou que iria se desmanchar, mas era ela que precisava de sua ajuda naquele momento. Chorava muito– Ângela precisaria daquele momento de desabafo para poder voltar a si mesma. Ficaram em silêncio por alguns momentos. "Mulheres são mais emotivas", pensou. "Há carinho, mas não sou mais seu homem. Há muito tempo e isso dói. Dói muito. Agora já foi, não tem mais volta". Em seguida levou-a ao encontro de Tereza e dos filhos.

Nilmar não podia acreditar que já haviam se passado 10 dias do "suicídio" do deputado Edson. Morrer não é fácil, pensava. Ele ainda não tinha tido tempo de parar para refletir em tudo que havia se passado e nem em como ficaria sua vida, depois da tormenta. O corpo já havia sido enterrado, mas as ondas de choque da morte do deputado ainda se faziam sentir. Nilmar foi convocado pelo delegado França para seu primeiro depoimento.

— Nilmar? O delegado França gostaria que o senhor entrasse agora. Por favor, siga-me. – pediu gentilmente um contínuo da PF.

— Bom dia — disse em tom amigável o delegado França logo que entrou. Gostaria de um cafezinho, um copo d'água?

— Não, obrigado, mas se o senhor for tomar um café, eu o acompanharei.

— Claro. Jackson, pede para a copa trazer uns cafezinhos, copos d'água e uns biscoitos. Quando você voltar, a gente vai começar a tomar notas. Jackson é escrevente e vai nos ajudar a tomar o seu depoimento.

França prosseguiu.

— Como tem passado? Não fiquei te perturbando naquele dia, pois percebi que você estava abalado e que estava sobre suas costas manter a calma, ajudar a viúva, os filhos do deputado e sua esposa. Isso sem falar em atender aquele monte de telefonemas e perguntas. Não deve ter sido fácil.

— Pensei que o senhor fosse mudo. Obrigado. Sinceramente ainda não sei como é que estou. Ainda não tive tempo de pensar, delegado.

— Me trate simplesmente de França. Jovenildo, seu amigo, me telefonou logo após a descoberta do cadáver. Disse que o presidente da Câmara iria pedir a colaboração da Polícia Federal neste caso. Você sabe por que ele agiu dessa forma?

A pergunta era capciosa. Era como se ele quisesse esquentar um pouco o motor do carro antes de colocá-lo em movimento. Também passou pela cabeça de Nilmar que Jovenildo nunca lhe havia dito que tinha amigos na Polícia Federal, nem que tivesse prestígio para indicar o delegado para um inquérito – mas foi exatamente isso o que se passou. Ele havia ligado para o delegado França já preparando o terreno, antes mesmo de saber se o presidente da Câmara iria pedir a colaboração dos federais e antes de saber qual delegado seria indicado para o caso. Seria este um jogo de cartas marcadas? Nilmar já estava há muito tempo no mundo da política para não ficar desconfiado.

— Jovenildo deu a entender que algo não se encaixava no cenário do suicídio do Edson – respondeu Nilmar.

— E você, o que acha Nilmar?

— Já estamos em depoimento?

— Ainda não estamos tomando nota de nada.

— O deputado não deu a entender que estivesse deprimido ou que tivesse algum motivo para meter uma bala na cabeça. Além disso, eu não sei de mais nada.

— Apesar de dizer que não sabe de mais nada, é provavelmente das suas informações que poderá sair uma pista concreta para esclarecer o caso. Olha, o cafezinho está chegando!

Após mais alguns minutos de conversa fiada, começaram o depoimento. Uma avalanche de perguntas sobre todos os minutos do dia da tragédia, desde o momento em que Nilmar acordou até chegar ao gabinete na Câmara dos Deputados. Se já havia alguém, se tinha notado alguém entrando ou saindo ou se alguém havia comentado alguma coisa. Após 4 horas de depoimento, França interrompeu e convidou Nilmar para comer alguma coisa na lanchonete, onde os delegados costumam almoçar ou simplesmente relaxar e conversar com os colegas sobre o último jogo de futebol dos times de Brasília.

— Nilmar, quais são seus planos?

— Acredito que meu tempo em Brasília está acabando. Já fiquei por aqui tempo demais e tenho meu pedido de aposentadoria em andamento. O suplente deverá assumir em breve e nem sequer o conheço. Minha esposa, Ângela, ficará feliz de voltar a morar em Matão, perto de nossa família e netos. Além disso, me propuseram um trabalho por lá.

— Você tomou alguma decisão? Eu pergunto, pois acho que esse inquérito vai tomar algum tempo e vou precisar falar com você novamente.

Depois daquele lanche prosseguiram com o depoimento.

— Você havia perguntado se o deputado Edson teria desafetos ou sofrido ameaças. Edson era um colecionador de desafetos e ameaças mais ou menos veladas. Ele defendia suas posições e atacava seus adversários políticos – esta profissão não é para maricas, França.

— Ainda mais sendo deputado da oposição, não é mesmo Nilmar?

— Oposição agora, situação antes. A decisão de ser da oposição deve ser difícil em qualquer lugar, mas, no jogo sujo de verbas e cargos que se joga em Brasília, fica ainda mais complicado. O prefeito da cidade, o governador do estado, querem seus projetos aprovados de qualquer forma.

Chegou tarde em casa. França o segurou até as 22 horas na Polícia Federal – quase 10 horas de depoimento. Quando finalmente abriu a porta de casa, deparou-se com Ângela ainda acordada.

— Você quer que eu esquente alguma coisa?

— Acho que sim, Gi, mas vou preferir um lanchinho.

— Como foi lá na PF?

— Cansativo.

— O que eles queriam saber?

— Não sei ainda se eles querem saber alguma coisa, Gi.

— Ainda não entendi por que a PF entrou nesse caso. Não seria normal a polícia de Brasília estar fazendo esse trabalho, Nilmar?

Ângela não tinha nada de besta. O surpreendente é que esse tipo de especulação não partisse da imprensa – ninguém havia feito essa pergunta nos jornais.

— O suicídio de um deputado da oposição pode criar algum tipo de comentário político. Talvez o presidente da Câmara tenha preferido deixar o caso nas mãos de gente mais experiente.

— Você acha mesmo que o Edson tenha se suicidado? Não consigo entender. Não consigo imaginar ele cometendo essa loucura.

Nilmar levantou-se para abraçar Ângela. Ele sabia do amor que ela tinha por Edson. Eles tinham namorado durante um período de sua juventude em Matão. Tinham então cerca de 20 anos, mas o namoro não prosperou. Apesar de todos esses anos, o carinho de Ângela por Edson nunca deixou de existir. Mais tarde, Nilmar entrou na vida de Ângela. Tereza entrou na vida do Edson e, curiosamente, tornou-se amiga íntima de Ângela. Nilmar nunca entendeu por que Tereza permitia essa proximidade que lhe dava uma sensação desagradável de promiscuidade. Nilmar, Ângela, Edson e Tereza – vidas sempre cruzadas, entrelaçadas demais.

— Venha, Gi, vamos para o quarto. Pode deixar que eu arrumo tudo. Vamos descansar, pois temos algumas decisões para discutir com nossos filhos amanhã.

Para Nilmar, a opção mais rentável seria ficar em Brasília e experimentar uma carreira de lobista. Ele não queria permanecer no cargo de chefe de gabinete que o suplente do deputado Edson lhe propusera. Pensou que se era para continuar trabalhando em Brasília, que fosse por um ganho mais atraente, que ele desconfiava poder conquistar com sua experiência legislativa. Manteria seu apartamento em Brasília para desenvolver esse projeto, que o obrigaria a uma espécie de vida dupla, viajando constantemente de Matão a Brasília. Também poderia voltar a Matão para um projeto político próprio que nunca tivera coragem de desenvolver por estar sempre na sombra do deputado Edson. O partido lhe oferecera essa possibilidade – abririam a legenda para uma vaga de vereador em Matão na próxima eleição. Poderia em seguida tentar a prefeitura. Tudo iria depender de sua atuação frente aos holofotes.

Havia também os projetos de Ângela a se considerar. Os filhos nunca se adaptaram à vida de Brasília; preferiram terminar o colegial em Matão. Agora Sérgio estava estudando agronomia na ESALQ, em Piracicaba. Heloisa preferiu ficar em Matão: abriu uma escola de ensino fundamental e médio com uma amiga. Nilmar e Ângela ajudaram com o capital e a escola estava indo bem. Quando terminou de arrumar a cozinha, foi para o seu quarto, onde Ângela já estava deitada.

— Nilmar, você gostaria de ficar em Brasília? O suplente vai querer que você continue no cargo de chefe de gabinete?

— Eu não ficaria por nada no mundo nesse cargo. E você? Gostaria de continuar em Brasília?

Era a primeira vez que falavam sobre seus projetos pessoais em muitos anos.

— Acho que você sabe que, para mim, voltar para Matão seria ficar próxima de Heloisa e de nossa netinha. Posso dar aulas de piano e ajudar minha mãe. E você, no que está pensando?

— Não sei ainda, Gi. Poderia ganhar um bom dinheiro trabalhando no escritório do Daniel Silva. Lembra dele? Ele me propôs uma posição de associado e me encarregaria de representar os interesses do pessoal da cana-de-açúcar. Trabalho de *lobby*, você sabe. Mas isso me obrigaria a ficar em Brasília pelo menos três dias da semana. Também me propuseram voltar para Matão e trabalhar com o partido para preparar minha candidatura a vereador. Tem também a família do Edson, que me convidou para dirigir o entreposto e atacadão lá da Avenida Santos Dumont.

— Nilmar, não fique bravo com a pergunta que vou fazer.

— O que é, Gi?

— Você ficou feliz com a morte do Edson? Eu sei que abalou a todos nós, mas só você consegue fazer planos e todos parecem bons.

— Tá louca, Gi? Você sabe que eu dediquei quase uma vida ao trabalho com o Edson.

— Por isso mesmo é que eu pergunto, Nilmar. Agora, finalmente, você pode fazer seus planos sem ter que pensar nele.

Já haviam se passado 15 dias da morte do deputado Edson. Jovenildo e o delegado França combinaram um almoço. Às 13 horas, já estavam na lanchonete da PF.

— Como estão indo os depoimentos? – perguntou Jovenildo.

— Você conhece a rotina, é muito papel e pouca informação.

— O relatório da balística já chegou?

— Seu faro continua bom, como antigamente. O deputado Edson não poderia ter se suicidado com aquele ângulo de entrada e saída da bala. Além disso, não encontramos resíduo de pólvora nas mãos do deputado. Não foi ele quem deu o tiro fatal. Foi isso que chamou sua atenção, Jovenildo?

— Exatamente, França.

— E tem mais, Jovenildo. Quem quer que o tenha matado sabia muito bem como entrar e sair sem ser visto ou notado. Ou foi alguém de dentro ou foi ajudado por alguém. O que você tem ouvido a respeito do deputado Edson? Muita fofoca?

— É curioso que ninguém tenha se perguntado por que chamamos a PF para cuidar de um caso simples de suicídio. Eu esperava, no mínimo, algum tipo de comentário a respeito na imprensa. Mas alguma conversa de corredor tem acontecido. Os mais curiosos têm me procurado, para especular um pouco sobre o assunto. Por ser da oposição e da bancada ligada ao agronegócio, a teoria mais ousada é de um assassinato encomendado pelo MST.

— Ele se batia muito com esse pessoal?

— Sim. Mas com certeza não foi o único grupo contra o qual ele bateu de frente. Na última CPI, ele teve posição de destaque e foi um dos mais ferrenhos defensores de punições severas. Não faltariam candidatos para o pelotão de execução do deputado Edson.

— Você bem sabe que, se eu começar a investigar uma teoria de assassinato político, a coisa vai começar a esquentar.

— Eu sei, França. O seu chefe estaria de acordo com essa linha de investigação?

— Sou um velho delegado da PF. Todos me conhecem e sabem que não me detenho por nenhuma consideração política quando tenho que investigar um caso. Se quiserem me tirar do caminho, é fácil, basta me aposentarem.

— Se não fosse assim não teria te chamado, França.

— Nilmar é muito desconfiado. Será que você poderia me ajudar explicando a ele um pouco quem sou e por que você me chamou? Quanto aos outros empregados do gabinete, não pude achar nada de estranho na atitude deles. Mas ainda é muito cedo para dizer algo e não tomei ainda o depoimento nem da

Tereza e nem da Ângela. Deixei um tempinho para elas se recuperarem do choque. Você havia me dito que todos eram muito próximos do Edson.

— Pode deixar, França. Falo com ele ainda hoje. Diga-me uma coisa: e o tal cigarro no cinzeiro do gabinete do deputado?

— Não nos levou muito longe, mas ao mesmo tempo mostra que o assassino está tentando criar uma nuvem de fumaça.

— Como assim, França?

— As impressões digitais no cinzeiro e o tipo de batom nos levaram a uma deputada bonitinha do nordeste. O problema é que ela não poderia estar no gabinete do deputado Edson, pois confirmamos que ela não estava em Brasília. Alguém plantou o cigarro no gabinete do deputado para criar uma pista falsa.

— É a deputada Rosinha, não? Você sabe que ela era amiga do deputado Edson? Estavam sempre juntos.

— É ela mesma. O assassino pode ter guardado o cinzeiro com o cigarro em outra ocasião para usar no dia do crime com o intuito de nos confundir. Mas o álibi dela foi confirmado. Isso também mostra que o crime foi planejado meticulosamente. Você sabe que vou precisar do seu depoimento por ter sido a primeira autoridade policial a atender ao chamado?

— Eu sei, e estou à disposição.

Tereza chegou cedo para prestar seu depoimento ao delegado França. Ele havia sido gentil, telefonando antes de enviar a notificação oficial, perguntando quando seria conveniente para ela prestar o depoimento, mesmo não sendo obrigado a tais gentilezas.

— Bom dia, delegado.

— Gostaria de um café?

— Não, obrigada. Vamos começar?

— A senhora tinha alguma ideia de que o deputado Edson estivesse planejando um suicídio? Ele apresentou algum sintoma de depressão?

— O meu marido nunca foi uma pessoa deprimida. Passamos por momentos difíceis, como qualquer casal, mas ele sempre soube ser forte quando precisou.

— Quais foram os piores momentos pelos quais vocês passaram?

— O que isso teria a ver com este inquérito?

— Eu preciso entender, dona Tereza, que tipo de personalidade seu marido tinha. Por que motivos ele poderia se abalar, em que tipo de circunstância ele poderia perder a calma e assim por diante.

— O senhor conhecia o deputado?

— Não. Mas conhecia sua fama de batalhador e de ter opiniões polêmicas.

— Polêmicas não, senhor delegado. Meu marido não tinha medo de bater de frente contra quem quer que fosse e defender posições impopulares. Não discuto se tinha razão ou não, pois nossas opiniões eram diferentes. Em todo caso, ele era coerente com suas ideias.

— Dona Tereza, a senhora viu o deputado perder a calma recentemente? Ele estava particularmente nervoso com algum problema?

— O que tirava meu marido do sério eram as maracutaias que via acontecer em Brasília. Meu marido não era um Dom Quixote, delegado. Também não era um santo. Somos filhos de famílias abastadas, com atividade política histórica. O senhor sabe que temos fazendas de gado, fazendas de cana, e outros negócios. Meu marido era um defensor do agronegócio, portanto inimigo mortal do MST. Ele sempre defendeu o empreendedor e a liberdade de se ganhar dinheiro com seus negócios.

— Entendo, dona Tereza. Vamos rever um pouco a tarde e a noite do evento fatal. Houve alguma anormalidade?

— Não conhecia todos os horários do meu marido, pois eles variavam muito ao sabor de negociações e de inúmeras reuniões, senhor delegado. A única coisa regular era a hora em que ele chegava para dormir: geralmente tarde. Há muito tempo eu pedi ao Edson me poupar dos detalhes dessas negociações que, frequentemente, me enojavam. Mas não, não houve nenhum fato que me chamasse a atenção nesses últimos dias. Quando acordei de manhã sem ele na cama, sim, me preocupei, pois não era normal. Em seguida o Nilmar me telefonou.

— A que horas o Nilmar avisou a senhora?

— Ele me telefonou primeiro às 9:30.

— O que foi que ele disse?

— Ele me perguntou se havia acontecido alguma coisa com o Edson, se tínhamos brigado, se eu sabia que ele viria dormir no seu gabinete.

— E depois, ele ligou novamente?

— Sim, por volta das 10 horas.

— O que foi que ele disse então?

— Ele me disse para vir ao gabinete do Edson e me contou o que havia encontrado.

O depoimento durou horas, durante as quais o delegado França reviu todos os detalhes e horários de Tereza. Ao fim, França convidou Tereza para um cafezinho. Sem o escrevente na sala, França disparou:

— Dona Tereza, eu preciso perguntar uma coisa que não vai constar dos autos.

— Diga, delegado.

— Como estava seu casamento com o deputado Edson?

— Ora, delegado, que pergunta?! Estamos casados há 25 anos. Tenho minhas atividades e nossos filhos já estão bem grandinhos. Acho que cada um de nós vivia seu próprio mundo e pouco conversava sobre os problemas do outro. Acho que estávamos meio distantes um do outro.

— Desculpe, dona Tereza, mas tenho que perguntar: e sexo, ainda havia entre vocês?

— Hummm... É difícil falar sobre isso com um estranho. Era muito raro, senhor delegado. Posso ir embora agora?

— Mais uma pergunta, dona Tereza: a senhora sabia que o deputado Edson tinha uma arma?

— Claro que sabia. Posso ir agora?

Ela estava deixando claro seu cansaço. Não valia a pena insistir mais. França iria precisar de sua colaboração.

— Claro, dona Tereza. Vamos terminar por aqui hoje. A senhora entende que vou precisar de outros esclarecimentos, à medida que novos fatos forem sendo averiguados, não?'

— Sim, senhor delegado. Eu, mais do que qualquer outra pessoa, gostaria de ver a morte do meu marido esclarecida.

Ao acompanhar Tereza até a saída, ainda perguntou se ela iria permanecer em Brasília.

— Ainda não sei de nada, senhor delegado. Não decidi nada, não consigo pensar em nada, nos meus filhos, em mim mesma, em nada.

Estava claro que ela não estava bem.

— Sra. Ângela, por favor, sente-se aqui. Gostaria de tomar um cafezinho?

— Obrigada, delegado.

— A senhora era amiga do deputado e de sua esposa?

— Sim, delegado. Sempre fomos amigos. Nascemos em Matão – todos nós. Deus fez nossos destinos correrem em paralelo.

— Quando diz todos nós, quer dizer quem?

— Ora, delegado, o senhor sabe: o Edson, o Nilmar, a Tereza e eu.

— A senhora sabia que o deputado Edson tinha uma arma?

— Sabia, delegado. Aqueles ordinários do MST já tinham ameaçado o Edson várias vezes, sem falar em invasões de propriedades dele ou de sua família.

— A senhora acha que pode ter sido alguém a mando do MST que matou o deputado?

— Mas não foi suicídio, delegado?!

— Já se viram assassinatos com cara de acidente ou suicídio.

— O deputado colecionou inimigos durante esses anos em Brasília. Eu e Tereza já havíamos pedido a ele que mudasse, que amaciasse um pouco sua atitude.

Registraram todas as minúcias, todos os horários. Ao final, como era seu hábito, o delegado França convidou Ângela para almoçar, enquanto ele aproveitava para conversar livremente sobre as circunstâncias que envolviam a morte do deputado Edson.

— Como você está, Ângela?

— Ora, delegado, como entender um amigo querido metendo uma bala na cabeça?

— E o Nilmar, como está reagindo?

— Ele está conseguindo fazer seus planos e, na verdade, está me ajudando a pensar nos meus também. Acho que, de todos nós, ele é o que está mais firme.

— O que ele está pensando em fazer, Ângela?

— Não sei ainda, delegado, pois depende um pouco de mim também.

— Vocês quatro eram muito próximos, não é verdade?

Ângela concordou com o delegado. A voz meio murcha denunciava uma emoção que o delegado não iria deixar de notar e aproveitar. Por sorte eles haviam descido tarde para almoçar e a cafeteria estava praticamente vazia. Naquele momento, Ângela não pôde se controlar — um choro reprimido há muito tempo exprimiu-se timidamente. O delegado a apoiou e permitiu que o fluxo de lágrimas escoasse livremente. Após alguns minutos, ela conseguiu retomar seu controle.

— Você gostaria de acrescentar algo?

— Eu o amava muito. Não que eu não goste do Nilmar, meu marido, mas sempre tive um carinho especial pelo Edson. Acho que tanto o Edson como a Tereza entendiam e aceitavam.

— Por que Edson escolheu a Tereza como esposa, e não você?

— Nunca entendi essa decisão. Talvez porque ela fosse mais bonita. As famílias também apoiaram fortemente o namoro deles, achando que era uma espécie de conto de fadas: dois jovens bonitos, inteligentes, filhos da aristocracia local, destinados a uma vida de luzes e sucesso.

Não parecia que Ângela houvesse superado a frustração de ter sido deixada de lado, pensava França enquanto ela prosseguia.

— Sei que estou sendo meio amarga, mas não pense que a vida é preta ou branca. É cinza, senhor delegado. Desculpe-me, acho que estou desabafando mais do que deveria. Eu sequer o conheço.

O delegado França sabia que por enquanto não valia a pena insistir, mas o flanco estava aberto. Ângela já havia dito mais do que gostaria e ela sabia que naquele momento de fraqueza havia exposto mais de sua alma do que deveria. O delegado França, como sempre, havia acertado na mosca!

— Tudo bem, Ângela, não precisa se preocupar. Estou acostumado com confidências, talvez até mais do que um padre, disse tentando fazer uma gracinha. Você quer que eu a acompanhe até o estacionamento?

— Obrigada, delegado, mas não precisa.

Ângela saiu aliviada por ter terminado o depoimento, pensando se o que havia dito poderia mudar alguma coisa no inquérito.

Jovenildo nunca perdia uma oportunidade de entrar em contato com o delegado França e saber um pouco mais sobre o andamento do inquérito. Já tinham se passado mais de quatro semanas da morte e a imprensa não falava mais sobre o assunto, mas Jovenildo sabia que, por debaixo dessa aparente calma, o fogo continuava a queimar.

França também sabia disso. Entendia que sem a ajuda do Jovenildo não conseguiria desvendar o quebra-cabeças. Vinte e cinco anos trabalhando no Congresso haviam fornecido a Jovenildo a melhor rede de informantes que se conhecia em Brasília. Combinaram o almoço em um restaurante discreto na Asa Norte, onde não haveria bisbilhoteiros para atrapalhar sua conversa.

Quando Jovenildo chegou, França já estava sentado à mesa.

— Desculpe o atraso, mas você conhece o pessoal lá no Congresso. Tem sempre alguma esposa de deputado tentando o flagra — eles vêm pedir para eu montar o álibi; você sabe, aquela reunião importante convocada pelo presidente da Casa para discutir o projeto do presidente Lula que etc., etc., etc. Obviamente a reunião teve que prosseguir até altas horas, digamos umas 3 horas da manhã.

— Acho que você deve ser o maior especialista em álibis que eu conheço. Veja aí o que você quer comer, que eu já sei.

— Vou pegar o mesmo que você, França, com uma cervejinha. Eu sei que você conhece este lugar há muito tempo – deve saber o que é bom. Como foram os depoimentos até agora?

— Acho que terei que pedir uma prorrogação do inquérito.

— O que temos até agora?

O tom de Jovenildo mostrava que tinha plena consciência de que era sócio legítimo naquela investigação.

— A balística comprovou que o ângulo de entrada e saída do projétil na cabeça do Edson torna pouco provável que ele tenha atirado contra si mesmo. Além disso, não foi encontrado o resíduo de pólvora que deveria haver em sua mão. Não há impressões digitais, marcas de entrada ou saída e os depoimentos ainda não trouxeram muita luz.

— Tudo isso eu já sei. Caramba, França! Lembrei agora das gravações das câmeras de vigilância do Congresso. Elas podem ter alguma informação útil. Me dá dois minutinhos que vou ligar lá e pedir para separarem para mim um período de uma semana antes e depois da morte do Edson – você acha que está bom assim?

— O período está bom. Peça para fazerem uma cópia para a Polícia Federal. Depois eu lhe mando o requerimento formal.

Tomaram juntos os primeiros goles de uma cerveja deliciosamente gelada. Estavam no mês de outubro e o tempo já estava bem quente em Brasília.

— Caro Jovenildo, você bem sabe que eu tenho que seguir duas linhas de raciocínio neste caso: ou temos um assassinato político ou foi algo passional. Em qual das duas você apostaria as suas fichas?

— França, o deputado Edson era candidato perfeito para as duas categorias de assassinato. Ele sempre foi contundente com os adversários e sedutor com as mulheres – não é o candidato perfeito?

— Se fosse seguir a linha de raciocínio de crime político, quem você acha que seria o suspeito? – prosseguiu França.

— Sem dúvida nenhuma, o MST. Eram inimigos ferrenhos. A família e os negócios do Edson já haviam sido alvo de vinganças do MST. O Edson falava coisas do MST que todos pensam, mas que não têm coragem de falar.

— O que, por exemplo, Jovenildo?

— Ora, pense bem, França. O MST é sustentado pelo governo e não poderia existir sem essa "ajuda". Na verdade, é uma espécie de milícia pronta a agir a qualquer momento sob a batuta de setores radicais do governo. Eles ficam fazendo essas ações que chamam de "Abril Vermelho", que nada mais são do que um treinamento e uma forma de manter acuadas as outras forças democráticas. O deputado Edson defendia que se parasse de sustentar um movimento social que não tem nenhuma base legal. Dizia estarem alimentando um ninho de serpentes.

— Você acha que eles tomariam a decisão de eliminar um inimigo dessa forma? – perguntou França.

— Acho possível, França.

— Você não fala dessa forma com todo mundo, não é?

— Claro que não. No Congresso, sou amigo de todos. Ninguém conseguiria arrancar de mim a menor insinuação sobre o que quer que fosse. Até sobre Fla x Flu eu fico em cima do muro. Mas com você, meu amigo, posso falar o que penso.

— E a outra linha de raciocínio, Jovenildo?

— Essa é mais complicada e eu não consigo imaginar um suspeito. O deputado Edson exercitava seu charme compulsivamente sem necessariamente ir às vias de fato. Você sabe, França, no Congresso tem um exército de jovens repórteres, ávidas por qualquer coisa que se diga a elas com cara de informação importante, de furo! Já vi muito deputado se aproveitando dessas "coitadinhas". Tem também toda essa tropa de assessores legislativos povoada por muitas jovens ambiciosas prontas a qualquer "sacrifício" por suas carreiras. O deputado Edson era uma velha raposa da casa e conhecia todas as artimanhas e se quisesse não teria saúde para cuidar de todas as "admiradoras" que tinha.

— Mas você disse que ele não era muito "galinha".

— De fato, França. Eu nunca precisei dar cobertura a ele. Ele amava muito sua Tereza e era, com certeza, muito discreto. Mas nunca se sabe. Ele era charmoso e sedutor. O Congresso é um antro de serpentes e algum marido traído poderia achar que ele seria o culpado por seus chifres.

— Acho que as gravações das câmeras poderão nos ajudar, Jovenildo. Eu não quero começar a seguir a linha de raciocínio de crime político sem ter alguma evidência a mais e meu calo está me dizendo que não é por aí.

— Seu calo não se engana, França?

— Até hoje não. Ele está me dizendo que tem algo passional neste caso.

Tomaram um último gole de cerveja, pagaram a conta e partiram juntos para o Congresso, ansiosos por aquilo que iriam ver.

Chegaram praticamente juntos e dirigiram-se rapidamente à central de segurança, onde Raimundo, responsável pelas equipes de vigilância, os estava esperando.

— Já fiz a cópia que o senhor pediu.

— Vamos ver a gravação na sala de reunião e não quero ser interrompido por ninguém. Além disso, você vai tirar o acesso a esta gravação do sistema. Somente eu terei acesso e não quero comentários, entendeu?

— Claro, chefe.

— Vamos lá, França. Pode deixar que o Raimundo é de confiança — disse, já imaginando a pergunta que o França faria.

Sentaram-se em frente ao computador e começaram a examinar as câmeras que gravavam as imagens próximas ao gabinete do deputado Edson no horário em que teria ocorrido o crime de acordo com o legista, ou seja, por volta de 2 horas da manhã do dia 23 de agosto. Havia cerca de 300 câmeras espalhadas por todo o complexo do Congresso Nacional e anexos.

Raimundo havia feito um bom trabalho separando cerca de 20 câmeras que vigiavam corredores, acessos mais ou menos próximos e partes externas do anexo em que se encontrava o gabinete do deputado. Ficaram em frente ao computador por várias horas, mas a quantidade de material era imensa e já estavam cansados. Resolveram parar e entregar o material para os peritos.

— França, ligo se descobrir algo.

— Obrigado pela companhia e pelo almoço.

Ir ao Congresso Nacional estava se tornando um fardo para Nilmar. Passou pelo seu gabinete, resolveu os assuntos mais urgentes e foi ao encontro do delegado França, que o havia convocado para um segundo depoimento no começo da tarde. França o deixava apreensivo.

— Bom dia, delegado França.

— Bom dia, Nilmar, como vão as coisas?

— Levando, delegado.

— O senhor já conseguiu resolver as coisas com a Ângela?

— Eu tenho tanta coisa para resolver que não sei nem por onde começar.

— Pelo que a Ângela falou, parece que ela está com vontade de voltar para Matão.

— Acho que sim, delegado, mas eu vou ficar pelo menos por algum tempo em Brasília até acertar tudo.

— Ficar longe de sua esposa nessa altura da vida não será fácil, não é, Nilmar?

— É verdade, delegado, mas acho que não tem outro jeito. Vou ter que ficar por aqui, voando para Matão para ver minha família.

— Você gostaria de um cafezinho antes de começarmos o depoimento, Nilmar?

— Não, obrigado, delegado.

— O Jovenildo chegou a comentar com você sobre o resultado da análise de balística?

— Faz tempo que não falo com o Jovenildo, senhor delegado. Ela comprovou o suicídio?

— Não, ao contrário. O exame de balística mostrou que o deputado foi assassinado.

Aquelas palavras ficaram ressoando na cabeça de Nilmar por alguns minutos. Ele parecia atordoado e o delegado chegou a aumentar o tom de voz para chamar sua atenção novamente.

— Como assim? Desculpe, mas estou meio chocado – quem poderia ter feito tal coisa com o deputado?

— O ângulo em que a bala que matou o deputado entrou e saiu de sua cabeça não poderia ser de uma arma que ele estivesse segurando e, além disso, não havia resíduos de pólvora em sua mão, o que comprova que não foi ele quem disparou a arma.

— Meu Deus!

— Além disso, o cinzeiro com o cigarro foi plantado na cena do crime com a intenção expressa de embaralhar as investigações. Não sabemos ainda quem foi o assassino, mas pretendo descobrir. Esses fatos o surpreendem?

— É claro, delegado. Eu não esperava por isso.

— O senhor não esperava que nós descobríssemos que foi um assassinato?

— Não. Eu estou sendo pego de surpresa. Parecia um suicídio, não? Quem podia querer matar o deputado?

— O senhor me diga, já que o conhecia profundamente. Deve saber quem são seus inimigos e quem seria capaz de tal barbaridade.

Nilmar não conseguia disfarçar o nervosismo, pois estava ficando cada vez mais difícil sustentar sua versão da história. Pequenas gotas de suor sobre sua testa não deixavam margem de dúvida sobre seu estado de tensão e elas não escaparam ao delegado França. Ele havia sido pego de surpresa e deixara transparecer o golpe. Fosse qual fosse sua participação no crime, o delegado França não deixaria sua presa escapar facilmente e o manteria sob pressão até que falasse tudo que soubesse ou o que estava escondendo.

— O grande inimigo do deputado Edson foi o MST, que ele atacava impiedosamente. Eles poderiam ter encomendado a morte do deputado por vingança.

— É uma linha de raciocínio possível, embora eu ainda ache que tenha sido outra coisa.

— O senhor está suspeitando de mim?

— Nilmar, além de você, alguém mais sabia sobre a arma que o deputado Edson mantinha em seu gabinete?

— Não, delegado.

— A Tereza e a Ângela não sabiam sobre a arma?

— Elas sabiam que o Edson tinha a arma, mas não sabiam que ele a guardava no gabinete do Congresso.

O delegado o estava encurralando. Ele não poderia mais incriminar nem Ângela e nem Tereza.

— O que você acha do relacionamento de Ângela com o deputado Edson?

— O senhor sabe que nós quatro éramos muito próximos.

— Nilmar, eu não estou perguntando qual era a natureza do relacionamento. Estou perguntando o que você acha dessa "promiscuidade".

— Delegado, eu nunca usei a palavra *promiscuidade*.

— Mas pensou.

— Acho que vou querer chamar um advogado.

— Por que, Nilmar? Você quer confessar? Por enquanto você é somente testemunha.

— Edson sempre teve tudo que quis na vida.

Nilmar estava à beira de se desfazer. Nervoso, encurralado, não conseguia raciocinar e não sabia se corria ou ficava aguardando o bote do predador. Na verdade, o resultado dos muitos dias de tensão estava aflorando e bastava mais uma empurradinha para que suas defesas se quebrassem por inteiro.

— Ele sempre foi um privilegiado na vida, não é, Nilmar?

— Não foi suficiente para ele ter Tereza.

— Você a amava também?

Onde se segurar? Tenho que calar a boca ou vou estragar tudo. Meu amigo, como pôde?! Vi com meus próprios olhos eles saírem daquele motel, cada qual no seu carro. É verdade, só é cego quem não quer ver. Não, eles não podiam ter feito isso comigo. Justo eu, seu cachorrinho fiel. Pois o cão também pode morder. Não posso me descontrolar — falta pouco e tudo vai dar certo. Ficarei com minha Ângela e talvez Tereza. Ela vai precisar do meu abraço, do meu apoio, do meu amor. No fim, poderei dar uma grande risada no túmulo do Edson. Calma. Ele não sofreu nada, eu era seu amigo. Merecia ter sentido a dor que eu estava sentindo, mas não tem importância. Terei as duas só para mim. Calma. Falta pouco.

— Amei a Tereza e amei a Ângela — ele me roubou as duas.

— O que você quer dizer com isso, Nilmar?

— Ângela sempre amou o Edson, e isso nunca foi segredo para mim. Mas, nos últimos anos, eles se encontravam secretamente em um motel na Asa Norte.

— Como você soube disso?

— Não foi difícil, delegado. Eles não tomavam nenhuma precaução em disfarçar seus encontros. Eu pude segui-los sem nenhuma dificuldade e eles não foram ao motel para falar dos netos.

— Você acha que a Tereza sabia desses fatos?

— Tenho certeza que não. Ela nem imaginava, por ser amiga íntima e muito próxima de Ângela. Se souber disso vai ficar arrasada.

— Mas eles tiveram um namoro na época de faculdade, não?

— É verdade, mas depois ele se apaixonou por Tereza e deixou a Ângela.

— Como é que você conseguia trabalhar com ele sabendo disso tudo, Nilmar?

— Não sei, delegado. Sempre me machucaram todas as oportunidades que ele teve de "mão beijada" e que eu nunca tive. Tudo foi fácil para ele. Minha família não é rica e meu pai morreu prematuramente, deixando-nos em dificuldades. Minha mãe teve que trabalhar para nos sustentar e eu, como filho mais velho, também tive que ajudar a sustentar a casa. Foi dessa época a aproximação com a família de Edson. Eles nos ajudaram e me deram emprego em uma das empresas. Desde aquela época trabalho para os Severiano da Silva. Comecei de baixo e fui galgando os degraus, um a um. Tudo que conquistei foi com muita dificuldade e luta.

— E desde quando você percebeu que algo mais que amizade estava rolando entre a Ângela e o Edson?

— Eu desconfiei há seis meses e confirmei há uns quatro meses.

— Você nunca pensou em conversar com a Ângela sobre o seu casamento?

— Não. Eu não conseguiria.

— E como estava seu casamento com a Ângela antes de descobrir o relacionamento dela com o Edson?

— Que casamento, delegado? Ela na verdade nem notou qualquer mudança em minha atitude porque há muito tempo não temos qualquer contato mais íntimo. Éramos, no máximo, bons companheiros.

— E você não ficou com raiva dela no momento em que confirmou que estava tendo um caso com o deputado Edson?

— Dela não, senhor delegado.

França estava se sentindo como o padre a receber a confissão do penitente. Não era a primeira vez que ele ficava com essa vantagem psicológica. Ninguém gosta ou suporta manter um segredo doloroso por muito tempo – em algum momento o segredo acaba encontrando um caminho para sair goela afora. Nilmar iria lhe contar tudo. França sabia o que estava por vir e sentia pena do homem que estava na sua frente, em suas mãos.

Parecia um homem frágil, incapaz de planejar o crime que cometera. Não quis se vingar de sua esposa, pois sabia que muito do que acontecera também tinha sua parcela de culpa. Na verdade, a solução do caso não traria muito prazer ao delegado França, a não ser a satisfação profissional. Nilmar não era má pessoa – ele não era um assassino psicopata, não matara por prazer – era simplesmente alguém para quem a vida não tinha sido fácil. Profissionalmente teve uma carreira brilhante. Não havia enriquecido, mas tinha uma estrutura familiar sólida. Era respeitado pela equipe que trabalhou com ele em Matão e também pela equipe que formara nas atividades políticas. Entretanto, por debaixo dessa atividade frenética em favor do deputado Edson Severiano da Silva e das empresas da família, havia um homem amargo, marcado pelas agruras de sua vida, principalmente pela desenvoltura do deputado Edson em se apossar de sua Ângela. Eles haviam sugado toda a sua vida. O delegado França conseguia entender a raiva de Nilmar. Foi traído pelo melhor amigo, pelo seu chefe. Isso não mudava, entretanto, o fato de que precisava ainda arrancar de Nilmar a confissão completa.

— Como você fez para driblar as câmeras de vigilância, Nilmar?

— Tantos anos de Congresso me fizeram amigo de Jovenildo. Ele me contou a respeito de um ponto cego no jardim interno do anexo B e que já havia solicitado um redirecionamento das câmeras.

— Foi por lá que você saiu depois de matar o Edson?

— Sim.

Pronto. Não havia mais volta. O caso do deputado Edson fazia o delegado França se lembrar do início de sua carreira como investigador da polícia civil no Rio de Janeiro.

— Como o senhor desconfiou de mim, senhor delegado?

— Em primeiro lugar, Nilmar, a hipótese de crime político ou vingança não se firmavam à medida que os depoimentos foram sendo tomados. Jovenildo desconfiou rapidamente que a cena do crime tinha algo suspeito e a balística confirmou que o ângulo da bala não era consistente com a hipótese de suicídio. Isso sem falar na ausência de pólvora na mão do Edson. Ora, só você sabia onde o deputado Edson guardava sua arma e sabia quando ela poderia estar no Congresso. Tereza me confirmou que ele às vezes deixava a arma escondida em seu gabinete e que só você sabia sobre isso. O que faltava era a motivação que o relacionamento da Ângela com o Edson me deu.

Estranhamente, Nilmar não parecia que iria perder o seu controle. Na verdade, como em muitos outros casos que o delegado França havia investigado, a descoberta da verdade trazia uma espécie de alívio ao assassino, que agora finalmente iria enfrentar a realidade dos fatos. Mas isso era somente um verniz e as consequências seriam imprevisíveis.

— E agora, senhor delegado, o que acontece?

— Nilmar, nós vamos terminar o depoimento com mais alguns detalhes que precisam ser especificados no inquérito. Eu aconselharia ao senhor a ficar na Polícia Federal por um ou dois dias, pois a tempestade lá fora será grande.

— Não, delegado. Obrigado, mas prefiro ir logo para minha casa.

Assim que Nilmar saiu, o delegado França chamou Jovenildo ao telefone.

— O depoimento do Nilmar e sua confissão acabam de ser assinados formalmente.

— Você está brincando comigo, França!

— Não estou brincando, Jovenildo.

— A imprensa já sabe?

— Não dou 30 minutos para estarem todos na frente da casa dele. Vai ser uma loucura. Ofereci a opção de ele ficar na PF alguns dias até que as coisas se acalmem um pouco, mas ele não quis. Estou preocupado com ele, Jovenildo. Está calmo demais.

— Como foi que você o pegou, França?

— A Tereza me disse em seu depoimento que somente ele sabia que o Edson guardava sua arma no escritório. Além disso, o Nilmar descobriu a traição de Ângela com o Edson.

— Você está brincando, o deputado Edson e a Ângela estavam tendo um caso?

— Sim, e esse é o motivo do assassinato do deputado. Nilmar dedicou sua vida à família do deputado que sugou tudo dele, inclusive sua esposa. Foi demais.

— França, acho que você está ficando velho de coração mole, meu amigo.

— Nem sempre gosto do que vejo e do que descubro. Ele não merecia o que lhe aconteceu.

— Você tem razão, França. Ele não é má pessoa, mas tem que pagar pelo que fez.

— E alguém paga nesse país, Jovenildo?

— O que vai acontecer com o Nilmar?

— Ele vai ter que encontrar um bom advogado que vai fazer com que o caso seja decidido pela justiça daqui no mínimo 10 anos. Obviamente, ele permanecerá livre aguardando o julgamento que, se houver, o condenará a, no máximo, dois anos de cadeia, que não serão cumpridos porque é réu primário ou porque o crime terá prescrito ou ainda porque ele terá mais de 70 anos. Há muitas formas dos advogados livrarem seus clientes.

— Na verdade, eu acho que ele pagará com a desagregação de sua família.

— Isso sem sombra de dúvida. Esta história não terá final feliz de jeito nenhum.

Naquele momento, entrou na sala do França outro agente da PF para lhe contar que acabara de ouvir no rádio a notícia: após ter sido desmascarado, o chefe de gabinete do deputado Edson Severiano da Silva havia metido uma bala na cabeça, em frente à sua esposa Ângela.

FONTES: Champion e Chronicle
PAPEL: Pólen 80 g/m²
IMPRESSÃO: markpress